Nikon机皇
专业使用指南

图书在版编目（CIP）数据

Nikon机皇专业使用指南/邱森编著.—北京：中国旅游
出版社，2009.3

ISBN 978-7-5032-3640-2

I.N… Ⅱ.邱… Ⅲ.数字照相机：单镜头反光照相机－
摄影技术 Ⅳ.TB86 J41

中国版本图书馆CIP数据核字（2009）第024394号

北京市版权局著作权合同登记号：图字：01-2009-1461

书　　　名：Nikon机皇专业使用指南

责任编辑：潘笑竹　陶然

执行编辑：王春泓

编著、摄影：（香港）邱森

策划引进：北京时尚博闻图书有限公司

　　　　　　http：∥www.book.trendsmag.com

出版发行：中国旅游出版社

　　　　　　（北京建国门内大街甲9号　邮编：100005）

　　　　　　发行部电话：010-85166507/85166517

经　　　销：全国各地新华书店

印　　　刷：北京图文天地制版印刷有限公司

版　　　次：2009年3月第1版　2009年3月第1次印刷

开　　　本：210×280毫米 1/16

定　　　价：45.00元

ISBN 978-7-5032-3640-2

序

机皇,在不同人的眼中,有不同的定义、解释,有人觉得售价高昂就是机皇,有人注重的是有没有卓越功能,亦有人以能否得到专业摄影师的推崇选用来鉴定机身的级别。不论哪一个方法,Nikon D3、D700和D300都是目前最有价值的D-SLR机皇。

于2007年推出的D3,绝对是Nikon的一个重大里程碑。它的FX全片幅感光元件是Nikon重要的第一次,亦圆了我和你及众多Nikon拥趸多年来的愿望。让我们从此不再需要"忍受"片幅裁放、令焦距放大的现象,可以尽用手上的超广角镜头的每一分、每一寸。亦是这片FX全片幅CMOS,令像素在1200万这等高水平,画质并没有受到细小片幅的局限,而令镜头变得吃力、变得不"利"。在D3上好像每一支镜头都是优质的,都是锐利的。亦因像素的密度低了,像素间的距离远了,令高感光度杂讯抑制比以前任何一部D-SLR都好,数码相机的感光度,亦由D3创下ISO 25600的高峰。ISO 25600是怎样的世界,之后会有详细的测试分析。

相隔半年时间,Nikon非常进取,来了个突击,把本应是可一不可二的最高技术——FX全片幅感光元件,下放到售价十分亲民、用途更加广泛的机体之上,这就是D700。有人担心D700会是D3的一个挑战。但若熟识"行内人",都知他们一向都是"如果要用,就要拣最好的",这亦是D3最大客户的心声。但另一方面,对于很多非最高专业、非最高职业摄影师来说,D700能拥有相同于D3的FX全片幅CMOS,连拍都达最高的8fps,其他部件和功能,都十分接近D3,一切的一切都令D700的潜能深厚且变化多端。

有不少人都疑惑只售万元多一点的D300,为何亦会被纳入机皇行列。但若拥有D3、D700和D300三部机体的人,必定同意D300也是一部机皇,三部机体的操作系统和目录界面有90%以上是相同的,功能上亦相去不远,例如Live View、51点3D追踪连拍AF、高速连拍速度的微调设定都是一模一样的,更重要的是三部机皇的影像效果,尤其是影像优化效果Picture Control,以及宽容度范围都十分相似,这些都令人不得不同意D300也是机皇兄弟中的一分子。

因为D300和D700的低廉售价,令不少预算有限的用户,都能一尝高阶机皇的操控和快感。但面对如此复杂和变化万千的操作系统,很多人都感到难以了解,更别说是在实际拍摄时运用了,可能有些功能身在机中,亦一直不知。为此,我们编写了这本《Nikon机皇专业使用指南》,目的就是把这三部在不少资历尚浅的用户眼中功能强得可怕的机皇,作一个精练的解释和示范,把每一个重要功能,模拟一个最佳的使用场合,示范如何使用、如何发挥、如何尽用。亦把三部机的效果作出多个繁复的测试比拼,目的就是让用户知道手上的机皇的能耐有多高、有多强。

相比其他同类型书刊,相信我们的这本《Nikon机皇专业使用指南》,绝对不是一部易看的书,不会有太多人觉得它易明、易懂、易学,因为它绝不是一本推销相机的目录说明,它绝对是一本D3、D700和D300用户必买的最佳使用指南。

邱森
Sam YAU
samyau@chillimedia.com.hk
《DiGi数码双周》摄影丛书系列
助理编辑

快将三十的摄影人,十年前凭一股冲动和热忱,入行做摄影师。三年内在不同岗位上工作,才突然发现本身的不足,原来,懂得用机不代表可以拍得一手好照片。决心入读观塘职训再做学生,在摄影班两位导师一年的宝贵课堂上,看到摄影领域原来还有这么大、这么远。毕业后,由最低位置做起,但得到的经验比以前的获得更多。在2007年,离开大公司的摄影组,执起放下多年的纸与笔,加入辣椒出版,成为《DiGi数码双周》编辑部成员。在公司与前上司的大力提携下,编写、出版了第一本个人摄影书《数码摄影达人·先修班》。幸运地创下半年加印第三版的佳绩,为自己一直所学所得的摄影知识和努力方向,打下一支强心针。在一轮人事调整后,专注负责摄影丛书的编写。虽然每一本都不是最好,但以边学边试、边试边做、边做边学的心态,以成为华语地区最强摄影丛书编写人为目标,继续努力。

Content
目录

Chapter 4
专用软件示范

Chapter 5
机皇配件汇总

iHOME

Photo by AlexT

◀ Nikon D3 \ f/11 \ 30s \ ISO
200 \ Sigma 15mm f/2.8 EX DG
DIAGONAL FISHEYE

大自然的偉大

Photo by Jerry Ngai

▲ Nikon D300 \ f/22 \ 1s \ ISO 200 \ AF-S Nikkor DX 18-70mm f/3.5-4.5G

Photo by LJYN

▲ Nikon D300 \ f/5.3 \ 1/4s \ ISO 250 \ AF-S Nikkor VR 24-120mm f/3.5-5.6G IF-ED

惊鸿一瞥

Photo by
Eric Lee

◀ Nikon D300 \ f/1.5 \
1/160s \ ISO 200 \
−0.7EV \ Carl Zeiss Jena
Biotar 75mm f/1.5

机皇导览

Chapter **1** Introduction

▲Photo by Stephen LAU（《DiGi数码双周》 编辑）\ Nikon D700 \ f/8 \ 6s \ ISO 200 \ Auto WB \ Picture Control：VI鲜艳 \ Nikon AF-S VR 24-120mm f/3.5-5.6G IF-ED \ 焦距：24mm \ VR on

选择机皇的十大理由

恭喜你成为Nikon机皇用户的一分子，与你一样拥有D3、D700或D300的人数，从2007年的冬天开始，大幅上升。原因当然是这三部机皇的推出，太吸引人了。从购入到现在，你对手上爱机有多少认识呢？你看上了它，又是什么原因呢？在此，容许我来个"推销"一点的介绍，因为以下的重点功能，就是贯通全书的主旨了。

坚固的信心保证

我们都常把D-SLR带到户外使用，对于职业摄影师和毅力非凡的拍摄者，为了效果和景物，绝不避忌人与相机"日晒雨淋"。当面对恶劣环境，机皇价值立即显现。三机的外壳，不但使用耐用坚固的镁合金制造，在内部和外部，都上了防水胶边、胶环。正确使用下，配合同样有防尘防渗漏效果的Nikkor镜头和闪光灯，无惧大雨或风沙。

▲精铸镁合金机身，耐用可靠，可说是战地记者重要的选机条件。　▲机身内部设有多组防渗漏的保护胶环和胶边。

高质影像元件

由上代机皇D2X及D2Xs开始，Nikon已开始研发自家制CMOS元件。2007年有了突破发展，推出首部载有FX格式全片幅CMOS的D3和DX格式的D300，约一年之后又推出D700。虽然片幅不同，但三机的1200万像素影像都拥有极低杂讯表现，除了是新CMOS的功劳外，它们所搭配的EXPEED影像处理器，亦记一功。

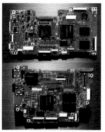

▲藏于机身内的EXPEED影像处理器，上为D300的，下为D3的。

▲藏于三部机皇中的FX格式全片幅（左）及DX格式APS-C半格片幅（右）1200万像素CMOS。

超高速的运作

环顾各品牌的现有D-SLR型号，能拥有超高速连拍的全片幅D-SLR，只此Nikon一家。D3标榜的11fps（每秒11张），虽然是DX模式的拍法，要失去一半感光面积和像素。但在全片幅FX模式时，连拍速度仍是登峰造极的9fps。另一方面，不论是D700或D300，加装MB-D10手柄后，凭指定电池便能"冲"上8fps，与大哥D3相差不远，一样是同级中最强的。

▲高速连拍的四个核心部分——反光镜升降马达、快门开合马达、影像处理器的处理速度及档案由缓冲记忆体到外置记忆卡的存取速度。

强绝的51点AF系统

若要自动对焦AF运作高速，必须拥有多个单元支持。首先是镜头的AF驱装置要快速，Nikon的AF-S镜头，使用SWM超声波马达，效能众所周知。其次就是机体的AF感应器要敏锐而运算高速。对三部机皇来说，这正是强项中的强项。三机所使用的51点Multi-CAM 3500FX对焦模组，在构图时铺上天罗地网的覆盖。加上三种智能运作模式，不会错失任何题材。

▲Multi-CAM 3500FX对焦感应器　▲Multi-CAM 3500FX对焦感应器

辨认颜色的测光系统

熟识摄影理论的人，都知道大部分相机的测光系统，都是建立于18%灰度反射式测光法。这个方法十分方便并具弹性，但对纯色且不标准（非18%灰度反光）的物件，容易被误导。在机皇上的测光系统，乃Nikon研发已久，拥有色彩辨认能力的顶级1005像素RGB感应器。在3D彩色矩阵测光II模式中，有自行调节补偿能力。这"认色"系统同时担当AF功能中的景物分析和锁定的"眼睛"功能。

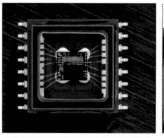 

▲负责测光和分析景物的1005像素RGB感应器。　▲位于机身上的独立测光模式转换器。

影像效果的个人化

早期的Nikon D-SLR都已加入能自定义影像效果的功能，到了这一代的机皇，厂方把影像个人化、优化的功能，升格专称为照片调控Picture Control系统。除了一般的效果参数设定外，还可以把不同相机的效果，设为一个资料夹，复制、下载到各机中使用。作为上一代机皇D2Xs的用户，亦可把新机皇D3的影像效果，设置成与原来的D2Xs相类似。

 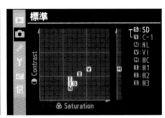

▲ 机皇的影像优化系统Picture Control，亦加入更多效果参数，让用户细调慢设。

▲ 初入门的机皇用户，如果对模式中的影像效果不太了解，可以打开效果设定图像化的参数坐标网格图看一看。

简单直接的影像矫正功能

Picture Control主管整个影像效果，但对于某些特定拍摄条件所形成的影像缺憾，如明暗差距太大、大光圈四角失光等，机皇上都各自拥有针对的解决方案，不是在拍摄后逐张相片运用，而是通过拍摄前，在目录选单中，开启Active D-Lighting和边晕控制功能，便能直截了当解决问题。

▲ 本是入门级D-SLR后置的D-Lighting影像修正功能，在机皇上变成了前期的Active D-Lighting，在人工智能的推动下，在急速和大量的拍摄中，起到了莫大的作用。

▲ 使用全片幅镜头的大光圈，于FX格式感光元件上拍摄，容易表露出明显的四角失光现象。但只要启动D3和D700的边晕控制，就能轻易解决。

精准的前瞻性 Live View

Live View是DC中的"旧技术"，但现在的新D-SLR却不是每一部都拥有。作为首批拥有Live View功能的Nikon D-SLR，用户凭两种不同AF运作方法，以一快一慢、一简一精的效果进行不同的拍摄活动。最重要的是在正式拍摄前，可凭Live View准确"预视"各种设定的效果。不论对焦、景深、照片调控的效果和更多更多细节，都一一掌握。

▲ D700的Live View功能，能同时加入电子水平仪功能，起到最大构图辅助作用。

▲ 凭专用软件，机皇所撷取的Live View即时画面，能传送至电脑屏幕进行遥控操作。

先进的无线创意闪光灯系统

由四五年前的D70s开始，Nikon的自动闪光灯系统进入了一个新的时代，统称为i-TTL系统，集自测光、闪光灯输出、色温校正和无线闪光灯群组控制于一身，现有的闪光灯型号又加入更多功能。再来看我们的D700和D300，虽然并非最高级旗舰机，但两者都拥有内置闪光灯，而且功能众多、作用甚大，只要一机一灯，就能大玩无线离机闪光灯效果。

▲ 单凭D700和D300的内置闪光灯，加上数个设定步骤，就能连接最新款的离机原厂自动闪光灯，作出全自动且准确的闪光拍摄。

▲Nikon i-TTL自动闪光灯系列，阵容庞大，而且拥有各种各样的配件，是备受专业人士推崇的闪光灯系统。

极具价值的专用软件

能够选择RAW档拍摄，令不少摄影人能轻易面对变化万千的拍摄环境。修改和转换RAW档有很多种方法，除了Photoshop，近年越来越成熟、出色的Nikon Capture NX 2软件，不只是最早支持Nikon新机RAW档的软件，在新版本中加入简单易用的控制点功能，适合有要求但初入门的人士使用。若希望通过电脑遥控拍摄，把相片即时上传到电脑屏幕，就必须通过合适版本的Camera Control Pro 2软件。

▲ 新增了效果控制点功能，让Nikon Capture NX 2能做出如同Photoshop的图层或遮罩效果，但系统资源的占用更低，用法更简单。

▲ 在一人工作的影室中进行灯光设定，最方便的方法，就是使用兼容Live View的电脑遥控拍摄功能，实时监察拍摄效果。

Nikon机皇D-SLR发展史

虽然2007年Nikon才推出全片幅FX格式D-SLR，但Nikon的D-SLR早在20世纪80年代末就已开始研发。首部被正名的Nikon D-SLR为QV-1000，是在F3HP机械胶片相机的基础上研发的。Nikon很早就看好数码摄影的潜力，在胶片和数码两个方向都大力研发。因而令Nikon的专业D-SLR能走向全球，成为美国太空总署NASA的拍摄用机，我们先看看一系列Nikon D-SLR专业机的演变过程。

Nikon Pro D-SLR发展图

1988年

Nikon QV-1000
· 2/3" CCD、38万像素

Nikon F4 ESC
· 黑白CCD、100万像素
· NASA版本

1991年

1995年

Nikon E2/E2s
· 2/3" CCD、130万像素
· 首部商品机

1996年

Nikon E2N/E2Ns
· 2/3" CCD、130万像素
· E2/E2s的加强版

Nikon D1H
· DX格式CCD、270万像素
· 5fps连拍、最多40张

Nikon D1X
· DX格式CCD、530万像素
· 3fps连拍、最多21张

1998年

1999年

2001年

2002年

Nikon E3/E3s
· 2/3" CCD、140万像素

Nikon D1
· 首部DX格式CCD、270万像素

2003年

Nikon D2H
· DX格式LBCAST、410万像素
· 8fps连拍、最多40张

2004年

Nikon D2X
· 首部DX格式CMOS、1240万像素
· 最高5fps或8fps（680万像素）

2005年

Nikon D2Hs
· DX格式LBCAST、410万像素
· 8fps连拍、最多50张

2006年

Nikon D2Xs
· DX格式CMOS、1240万像素
· D2X的加强版

Nikon D700
· FX全片幅格式CMOS、1210万像素
· 最高8fps、最多100张
· 最高ISO 25600
· Live View即时显示功能
· 提供电子水平倾斜仪

2007年

2008年

Nikon D300
· DX格式CMOS、1230万像素
· 最高8fps连拍、最多100张
· 最高ISO 6400
· 首部载有Live View即时显示功能

Nikon D3
· 首部FX全片幅格式CMOS、1210万像素
· 最高9fps或11fps（514万像素）连拍、最多130张
· 最高ISO 25600
· Live View即时显示功能
· 提供电子水平倾斜仪

Nikon D-SLR家族

虽然这本书的主角是高阶的机皇，但Nikon的入门级和消费型D-SLR同样出色。不少专业用户亦会再多添置一部轻便平价的，作为休闲娱乐之用。我们便把现在大部分商店仍在销售的Nikon D-SLR并列，再附以各机的推出年份和特别之处，为各位简单而精要地加以介绍。

仍在销售的Nikon D-SLR系列

专业级

Nikon D700
- 2008年推出
- FX格式1210万像素CMOS
- 提供双AF模式Live View功能
- 支持Non CPU镜头及外接GPS系统

- 提供电子除尘及电子水平仪系统
- 采用CF记忆卡
- 995g

Nikon D3
- 2007年推出
- 首部FX格式1210万像素CMOS
- 提供双AF模式Live View功能
- 支持Non CPU镜头及外接

GPS系统
- 首部提供电子水平仪系统
- 采用双插槽CF记忆卡
- 1240g

高阶级

Nikon D200
- 2005年推出
- DX格式1020万像素CCD
- 支持Non CPU镜头

- 采用CF记忆卡
- 830g

Nikon D300
- 2007年推出
- DX格式1230万像素CMOS
- 首部提供双AF模式Live View功能
- 支持Non CPU镜头

- 首部提供电子除尘系统
- 采用CF记忆卡
- 825g

消费级

Nikon D80
- 2006年推出
- DX格式1020万像素CCD
- 首部采用SD/SDHC记忆卡

- 585g

Nikon D90
- 2008年推出
- DX格式1230万像素CMOS
- 首部提供720p高清影片拍摄功能

- 提供双AF模式Live View功能
- 首部支持原厂GPS配件
- 采用SD/SDHC记忆卡
- 620g

入门级

Nikon D40
- 2006年推出
- DX格式610万像素CCD
- 首部提供D-Lighting后置功能
- 首部减持机身AF马达

- 采用SD/SDHC记忆卡
- 475g

Nikon D60
- 2008年推出
- DX格式1020万像素CCD
- 首部载有Anti-Dust防尘气流系统
- 首部提供Stop-Motion后置

短片功能
- 没有机身AF马达
- 采用SD/SDHC记忆卡
- 495g

Nikon D3
机身与
重点功能导览

1. 镜头光圈环连杆
2. 影楼闪光灯TPC接口
3. 十针遥控与数据转送线接口
4. 内置CPU镜头信号接点
5. 反光镜及FX格式全片幅CMOS
6. 机身AF马达传杆
7. 一体化竖拍手柄
8. 感光元件平面位置
9. 测光模式转盘
10. 档案传送及电脑遥控USB接口
11. 直流电接口
12. HDMI接线接口

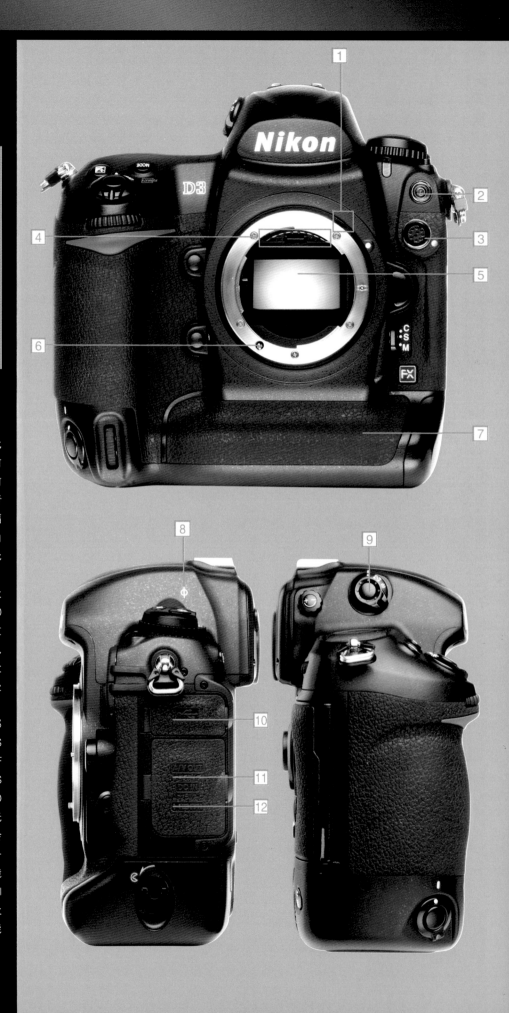

　　若直接与上一代的D2Xs作比较，D3最明显的外型变化，就是前方印有FX字样的"金字招牌"。前面正中央的反光镜大了很多，一看就知快门帘幕背后收藏着全片幅CMOS感光元件。Nikon盛世亦是由这第一片1210万像素全片幅感光元件开始。

　　很多人都认为一体化的机身设计就是机皇的特征之一。D3、D700及D300三机之中，虽然是D3的净重最重，却比装上MB-D10及满载电池后的D700及D300更为轻巧。没有多余的组装接口，令机身的防尘防渗漏功能更为完善。

　　D3的Nikkor镜头F接环，在内部上方设有电子接点，支持全部AF-S超声波马达镜头。接环左下方的AF马达传杆，让用户对应全部非AF-S的自对焦镜头，就像AF 35mm f/2D等。上方小小的、不易察觉到的光圈环连杆，可说是Nikon高阶机才会有的功能，最主要的用途是对应一系列"复古"味甚浓的非CPU镜头，例如Nikkor AIS系列和Carl Zeiss ZF系列，它们都是全机械设计，在有光圈环连杆的机身上才能进行自动测光。

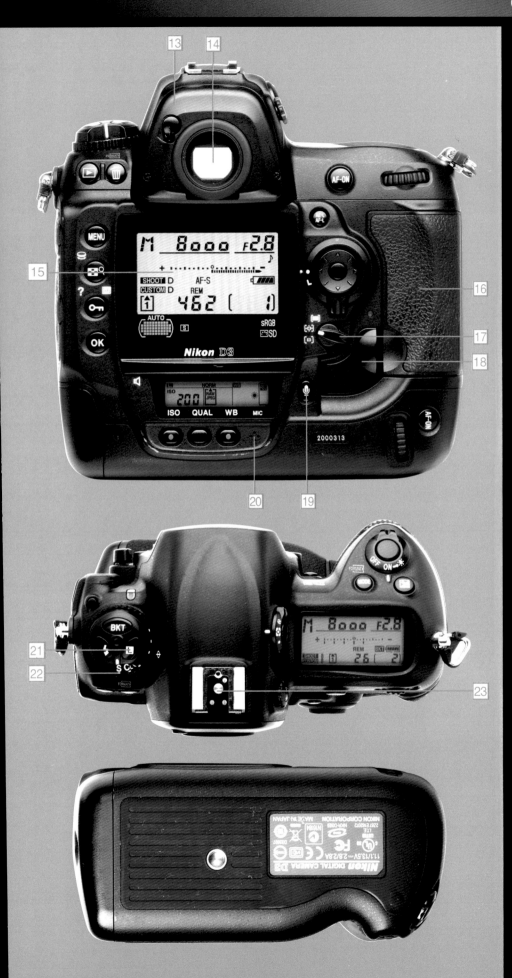

13. 观景窗遮帘
14. 100%覆盖观景器
15. 92万像素3" LCD显示屏
16. 双CF卡插槽
17. 对焦模式转换杆
18. CF卡插槽打开键
19. 影像注释录音键
20. 收音麦克风
21. 设定锁定键
22. 驱动模式转盘
23. i-TTL闪光灯热靴

除了一体化的机身，观景窗的100%覆盖范围和遮帘，亦被推崇为机皇才备有的功能。对于高要求人士而言，能100%地看到，就是100%的掌握着。观景窗遮帘对细小光圈拍摄和Live View效果明显，无须像入门机般使用不讨好的胶质遮盖配件。

不显眼的驱动模式选择转盘，可以说是Nikon高阶机身的标记。在D3上首次加入的Live View功能，亦被加入在这不显眼的转盘上，但运用机会和次数绝不会少。

除了机身和镜头出色，Nikon最新的i-TTL闪光灯系统同样功能出众。SB-900不但是首支直接支持17-200mm镜头范围的闪光灯，其拥有完善的闪光输出和白平衡系统，加上可多组独立操纵的i-TTL先进创意无线闪光灯系统，全由D3上的热靴全力负责连接。

除了由感光元件所产生、输入的高画质数码影像档案，就连直接由机背显示、输出的影像画面，Nikon都十分重视，既然要站在机皇的最高峰，便用上业界最好的92万像素3" LCD显示屏，效果犹如高阶的电脑屏幕。

Nikon

Nikon D700
机身与
重点功能导览

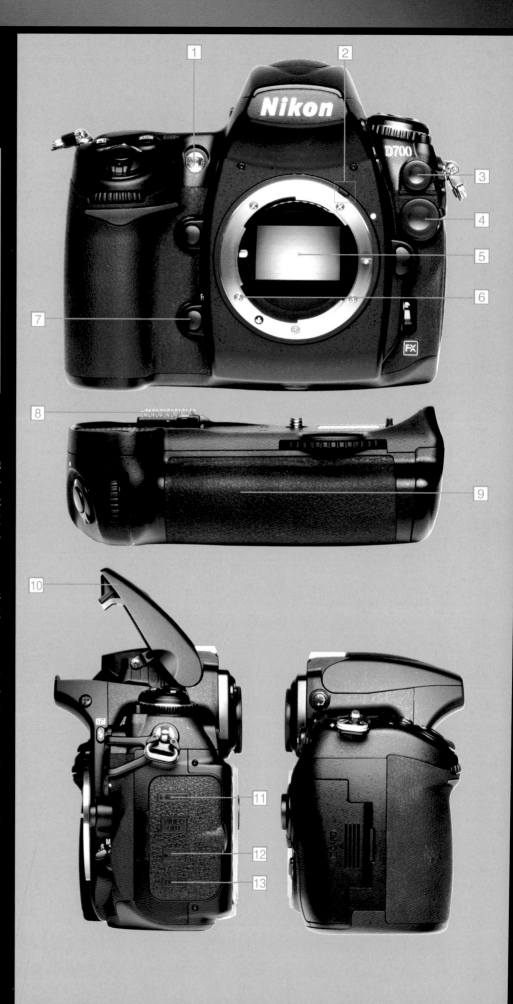

有人说D700是D3与D300的融合体,集全片幅、便携与低价于一身,而又不失机皇的功能,但个人觉得D700以"数码化的F6"为定位,更为合适,F6是什么? Nikon最强、最后(应该)的胶片SLR相机。

虽然D700没有100%覆盖能力的观景器,但却保留了内置闪光灯。除了夜间的闪光拍摄,还有随时随地一键便能用的方便。高阶用户更会利用这小小的内置闪光灯,透过i-TTL无线闪光灯系统,变成主体闪光灯,负责"统领"多组离机i-TTL闪光灯的运作。不少用户觉得,失去100%覆盖的观景器,但有这内置闪光灯,尚算值得。

可拆式(需另购)的电池手柄MB-D10,感觉上虽然不及D3的一体化设计,但这却更像F6,而且让用户有添置的选择权,如风景照般的横向拍摄,单一D700握持位置的手感和大小已十分出色。但加上MB-D10后,拍人像竖拍会更易于平稳持机,而且当使用指定电池后,D700的连拍可以由每秒5张提升至每秒8张,全片幅且能有如此高速的,除了D3便只有D700。

14.观景窗遮帘
15.92万像素3" LCD显示屏
16.对焦模式转换杆
17.LCD屏幕保护胶片
18竖拍用方向选择键
19.感光元件平面指示
20.驱动模式选择转盘
21.i-TTL闪光灯热靴
22.连接手柄的电子接点

　　虽然D700的观景窗没有100%覆盖范围，启动Live View设定，加上新增的Fn功能键启动Live View设定，令D700的Live View运作比D3更佳。

　　虽然同是92万像素3" LCD显示屏，但D700被调校得更完善，显示屏背灯连动着拍摄资料显示功能，加上D700的Live View加入电子水平感应倾斜仪功能，一切的一切都像推 D700成为最佳的Nikon Live View功能机。

　　电池手柄ＭＢ－Ｄ１０除了是D700的"加速器"外，它所提供的第二枚对焦点控制按键，在竖拍时十分方便、"顺手"。机身上同样加有的中央键，不论在拍摄时和相片重播时都可设定优化功能。机皇和"机仔"的重要分野，就是自主权。

Nikon

Nikon D300
机身与
重点功能导览

1. AF 辅助灯
2. 镜头光圈环连杆
3. 影楼闪光灯 PC 接口
4. 十针遥控与数据转送线接口
5. 反光镜及 DX 格式 CMOS
6. 机身 AF 马达传杆
7. 连接机身的电子接点
8. 有连拍加速功能的另购竖拍
   手柄连电池盒 MB-D10
9. 能成为无线闪光灯系统主体单
   元功能的内置闪光灯
10. HDMI 接线接口
11. 档案传送及电脑遥控USB接口
12. 直流电接口

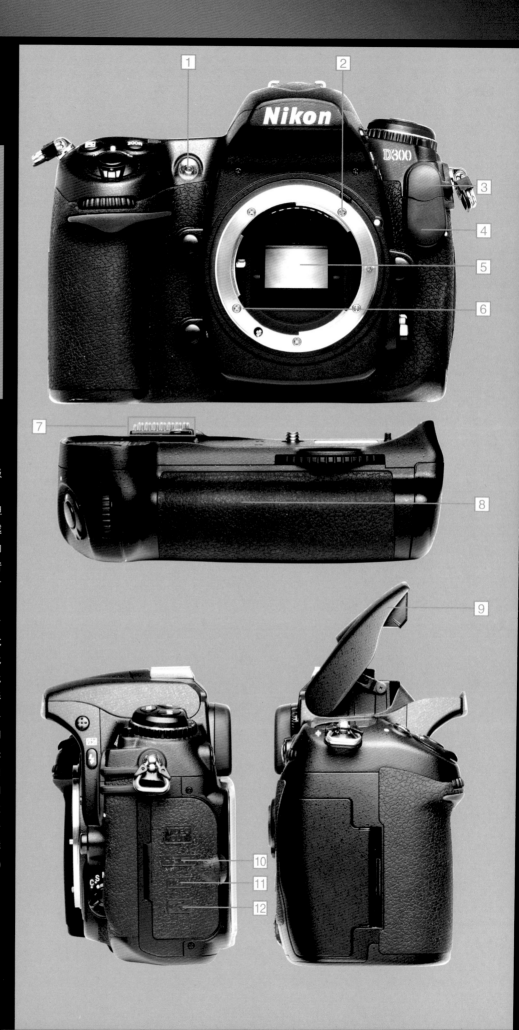

　　我们一般会以售价作为机身级数定位，D300的一万多元售价，是很多业余、文娱用户的预算，但它所给予的功能和操作，绝对超越其他APS-C片幅D-SLR，同级的没有另一部能如此接近旗舰级皇者机，若以片幅作分类，D300最有能力称霸APS-C片幅相机。

　　然而，D300并非使用FX全片幅尺寸的感光元件，但若与上一代的Nikon机皇D2Xs（DX格式）比较，D300大部分功能都不会给比下去。观景窗是100%观景覆盖形式、与D3和D700相同的Mulit-CAM 3500FX 51点对焦模组，加速后连拍达每秒8张等功能，都是APS-S片幅机身中最强的。虽然由片幅引致的画质差距，令它与D3和D700还有一段距离。但对于追求拍摄乐趣、用机快感，对DX的质素已觉满意，宁愿投放金钱在镜头群和配件之上的人，绝对认同D300是最好的选择。

13.观景窗遮帘
14. 92万像素3" LCD显示屏
15.对焦模式转换杆
16.CF卡槽开关
17.LCD屏幕保护胶片
18.竖拍用方向选择键
19.驱动模式选择转盘
20.i-TTL闪光灯热靴
21. 感光元件平面位标记
22. 连接手柄的电子接点

　　在不知不觉的情况下，Nikon的中高阶D-SLR已在用户心中留下拥有强大而完美操控的形象。由D200开始，到D300，功能目录分类精细得令人难以置信，由检视到拍摄，再到相机设定，接近一百项可调校的设定。加上相同于D3和D700的Mulit-CAM 3500FX 51点对焦系统和最高的每秒8张连拍功能，一切的一切都令同级"对手"佩服，令驾驭此机的用户感到自豪。

　　虽然是同时问世，但D300比D3早了约半个月公开发售，令D300以"马鼻之差"赢得Nikon首部拥有Live View和电子除尘功能的机体之名。EXPEED影像处理器，虽然是在DC之上先试用，但它所鼓吹的高效能运算、高质素影像处理，在D-SLR上才真正大放异彩。同样的，D300是首部拥有EXPEED影像处理器的D-SLR机体，让像素增加了的同时，杂讯抑制和影像质感提升了不少。

23

机皇大比拼

特别介绍

两面少女 Aki

大家好，我叫 Aki，中学女生一名，平日经常做摄影师的摄影 model。我好喜欢摄影和做 model，尤其喜欢 moody 一点、cool 一点的我。但好多摄影师朋友都喜欢拍到我笑容满面的，但我真是好喜欢黑色啦，所以特别喜欢摄影师的那些"压光"效果。试过一次，在户外时穿婚纱，在一间古老大屋中拍摄，感觉和影楼拍的很不同，很好玩。这次拍摄期间，编辑 Sam 边拍边同我聊天，问我喜欢看什么书，我说喜欢看些悬疑和爱情小说，次次都想主角们有个 Happy Ending，但总是 Bad Ending 才会令我印象深刻、感动。这次又准备了两套，一黑一白、一笑一 Cool 的造型，所以 Sam 说我是个有着两面的女孩，但其实我还有更多更多的。

▲Photos by Sam YAU（《DiGi数码双周》摄影丛书系列 助理编辑）\

Nikon D700 \ f/8 \ 1/125s \ ISO 200 \ Pre SET WB \ Picture Control：SD标准（锐化度：5）\ AF-S Nikkor 24-70mm f/2.8G \ 35mm

▲Photos by Sam YAU（《DiGi数码双周》摄影丛书系列 助理编辑）\ Nikon D3 \
f/9.5 \ 1/125s \ ISO 200 \ Pre SET WB \ Picture Control：SD标准（锐化度：5，饱
和度：+1）\ Nikon AF 50mm f/1.4D \ 50mm

1:1体积比拼

　　很多"玩相机"的人，尤其是男性用户，在购买相机时，都对机身的握持感十分讲究。为此我们把三部机身的1:1实物原大电脑图重叠显示，好让大家能试一试自己的手掌与三部机的尺寸比例。虽然今天只有平面2D的"试用"，希望在未来，在崭新的出版、印刷科技下，终有一日能让广大读者在书中感受到有立体感、有质感的试用握持！

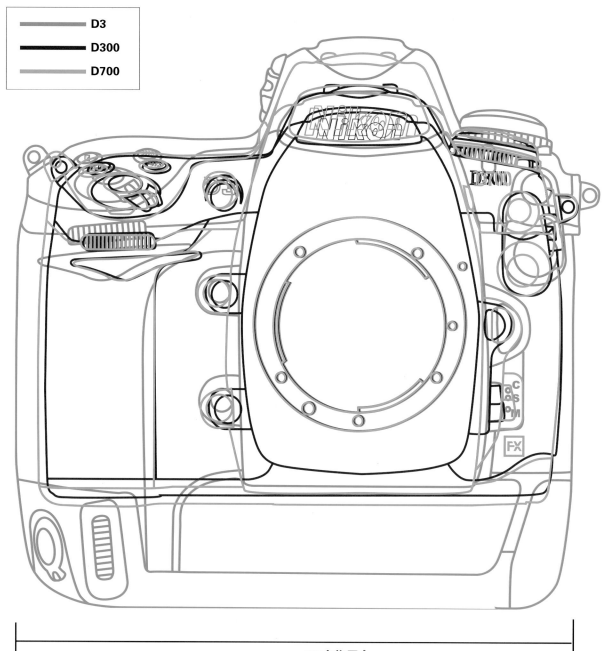

	D3
	D300
	D700

1:1实物原大

机身规格比拼

	Nikon D3	Nikon D700	Nikon D300
感光元件	36mm × 23.9mm CMOS	36mm × 23.9mm CMOS	23.6mm × 15.8mm CMOS
焦距转换率	1X	1X	1.5X
有效像素	约1210万	约1210万	约1230万
全片幅相对像素	约1210万	约1210万	约2840万
档案解像度	4256 × 2832	4256 × 2832	4288 × 2848
影像格式	.JPEG、.TIFF、.RAW (.NEF、compressed .NEF)		
影像处理器	14bit		
感光度	ISO 200 – ISO 6400（可扩展至ISO 100 – ISO 25600）	ISO 200 – ISO 6400（可扩展至ISO 100 – ISO 25600）	ISO 200 – ISO 3200（可扩展至ISO 100 – ISO 6400）
快门速度	30s – 1/8000 s，支持B门		
闪灯同步快门	1/250s		
对焦点总数	51		
十字型对焦点数目	15		
曝光模式	P自动程式、A光圈优先自动、S快门优先自动、M手动曝光		
测光模式	3D彩色矩阵测光II / 彩色矩阵测光、中央重点测光、点测光		
白平衡模式	自动、钨丝灯泡、日光灯、日光、闪光灯、阴天、阴影处、色温自定义、手动预设		
对焦模式	S单次自动对焦、C连续拍摄自动对焦、M手动对焦（支持电子测距仪）		
自动对焦光度范围	EV –1至19（ISO 100、50mm f/1.4）、		
连拍模式	CH高速：每秒9张（FX）或11张（DX）、 CL低速：每秒1–55张	CH高速：每秒9张（FX）或11张（DX）、 CL低速：每秒1–55张	净机身电池：CH高速：每秒5张、 CL低速：每秒1–9张 使用MB-D10指定电池后：CH高速：每秒8张、CL低速：每秒1–75张
最高像素连拍张数	制造预设：1300张.JPEG、25张.TIFF、28张.RAW（12 bit） 缓冲记忆Z本扩展后：1300张.JPEG、35张.TIFF、43张.RAW（12 bit）	1005张.JPEG、20张.TIFF、22张.RAW（12 bit）	1005张.JPEG、20张.TIFF、22张.RAW（12 bit）
Picture Control模式	标准、中、鲜艳、单色、自定义		
Live View模式	手持模式（相位侦测）、三脚架模式（对比度侦测）		
无线i-TTL闪灯系统	外置式	内置式、外置式	无
电子水平感应仪	有，独立运作	有，可与Live View同时运作	无
观景器	100%、0.7X	95%、0.72X	100%、0.94X
镜头接环	Nikon F接环（支持非CPU镜头）		
LCD显示屏	3"、92万像素		
自动除尘系统	无	有	有
储存媒体	双插卡CF Type I/II、支持UDMA	CF Type I/II、支持UDMA	CF Type I/II、支持UDMA
电脑连接界面	USB 2.0 High Speed		
视频输出	HDMI、NTSC 或 PAL 制式		
电源	EN-EL4a/EL4	EN-EL3e、AA电池 x 8（需配合MB-D10）、	EN-EL4a/EL4（需配合MB-D10）
体积	159.5mm × 157mm × 87.5mm	147mm × 123mm × 77mm	147mm × 114mm × 74 mm
净重	1240 g	995 g	825 g

FX与DX格式比拼

由半格片幅的D-SLR晋级至全片幅，是很多人提升影像质量的方法。但为何全片幅会好过半格片幅呢？好在哪儿？全片幅真的是压倒性、全无弱点的吗？全片幅的升级，付出与回报是否每个人都感觉值得？

片幅与焦距

大家已习惯了，把全片幅通俗理解成一格135规格胶卷底片的大小，也就是受光位置约24mmx36mm。Nikon在2007年的夏天，首次推出全片幅感光元件，也就是D3内的1210万有效像素CMOS。为隆重其事，亦为了简单明了地与半格片幅的旧有DX系统区分，便为全片幅D-SLR系统冠名为FX格式。

以片幅边长比较，FX和DX的分别是24mmx36mm和15.8mmx23.6mm。长度比例约为1.5：1；再以感光面积大小作比较，FX和DX的分别是864mm²和372.88mm²，面积比例约为2.3：1。这个长度差距，约1.5X（1.5倍），若是DX D-SLR用户，一听就知道这就是鼎鼎大名的裁放比率（Crop Factor）。先不说质素，视觉上的差别已十分明显。据说，能让D3和D700刚刚好拍出全幢完整大厦的28mm广角镜，在D300上会被裁掉近57%的面积，视角亦会大幅收窄，效果接近在FX机身上使用42mm镜头。这情况令一支广角镜变成了一支标准镜，而原先的整幢大厦影像，会被"斩头斩脚"。为了分清这个由28mm镜头变成42mm效果的现象，我们会说这支焦距28mm镜头，在FX机身上有着28mm焦距，但在D300上却是42mm的（135片幅）相对焦距。

效果比较

▲ 135胶片的1:1实物原大影像。

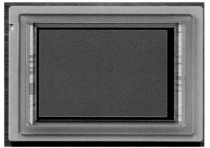

▲Nikon D3上的FX CMOS感光元件的1:1实物原大图片。

▲Nikon D300上的DX CMOS感光元件的1:1实物原大图片。

▲FX（整个影像）与DX（红框内）D-SLR，使用相同镜头且相同距离的拍摄范围比较。

▲在D700上使用全片幅的AF-S 14-24mm f/2.8G镜头，于18mm焦距时的效果。

▲在D700上使用DX的AF-S DX 18-70mm f/3.5-4.5G镜头，而且关闭"自动DX裁切"功能，记录全片感光元件的影像，于镜头18mm焦距时的效果。

DX的长镜增距效果

前面的例子，好像一面倒把DX格式评为"副作用"或"负面影响"，对广角镜头可能是，但远摄镜头便有了转机。本是200mm的"小黑五"（Nikon AF-S VR 70-200mm f/2.8G IF-ED的网友昵称）在D300上变成了一支有300mm相对焦距及f/2.8光圈透光度的镜头，能把约一万多元的"小黑五"，变得近似一支数万元的"328VR"（Nikon AF-S VR 300mm f/2.8G IF-ED的网友昵称）。而且在"升值"（焦距数值）的过程中，

镜头最大光圈和对焦速度不会受影响。试比较几个其他方法，首先是利用增距器TC-14E，需要损失一级光圈，而且AF速度会减慢；若使用软件后期裁放再插值，再还原相同像素，会破坏影像的细节度。其次是，使用DX机身来增长长镜头焦距效果，较为可取。想同时兼备广角镜在FX机身的优势和远摄镜在DX机身的"增值"，便要同时拥有D3（或D700）加上一部D300，来一个"三双配"（双机双镜双灯）的方案。

长镜增距方法比较

	FX机身配以1.4X增距器TC-14E	FX机身，停用自动DX裁切功能，手动选取DX范围	DX机身
	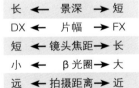		
优点	能保持最高像素影像，而且不会增加杂讯出现程度	能保持f/2.8最大光圈及AF速度，亦不会增加杂讯出现程度	能保持f/2.8最大光圈和最高像素影像
缺点	最大光圈缩减一级、光学成像质素下降、AF速度变慢	影像像素缩减一半，可打印尺寸大幅下降	杂讯出现情况增多

FX与DX的景深效果比拼

除了镜头焦距增长了之外，景深亦是很多人考虑FX和DX系统的因素。作为一名杂志编辑，经常听取四面八方而来的意见，但多是对FX系统有着一面倒的支持，尤其是浅景深效果很优秀。本人当然不反对，片幅缩减令镜头焦距改变，摄距同时改变，加上最大光圈通常都是解像力较低的，都令FX系统在大光圈、浅景深使用

范畴上有较好的发挥。但从相反角度来看，对于需要运用大景深，甚至全清的摄影范畴，FX系统未必总是赢。手持的风景拍摄和产品摄影，在DX系统上其实比较有利，因为用在DX机身上，镜头的景深立即增大。

景深关系图

长 ←	景深	→ 短
DX ←	片幅	→ FX
短 ←	镜头焦距	→ 长
小 ←	β光圈	→ 大
远 ←	拍摄距离	→ 近

▲D700上使用AF-S Micro VR 105mm f/2.8G，摄距约30cm，光圈最大。

▲D300上使用AF-S Micro VR 105mm f/2.8G，摄距约45cm，光圈最大。

除了镜头拍摄效果外，用户在使用中亦暗暗受着FX与DX格式的影响。最直接的首先是观景器。若参考三机的规格，D3与D300的观景范围同样是100%，D700因为加入了内置闪光灯，所以只有95%，但FX与DX不是有相差两倍多的面积吗，为何使用上觉得三机的观景窗大小相当呢？这是因为人眼的视角清晰范围不是很宽，若观景窗大小相同于135格式的胶片或感光元件，用户便需要不断

移动眼球才能"看清"边角的影像，对于需要"快拍"的人，不够方便。所以D3和F6分别有着0.7X和0.74X的放大倍率（小于1X便是缩小），好让用户使用时少一点疲劳。DX的D300因片幅只有一半片幅的缘故，无须缩小太多，就能接近人眼清晰范围，所以放大倍率比较大，达0.94X，而且不用像D700般加入了内置闪光灯而放弃100%观景范围。

片幅、像素、密度与解像度
质素比较

大部分人比较关心FX与DX之间有着1.5X的焦距裁放比率，影响视角范围。但追求质素的用户会更留意FX与DX的感光元件面积，其实相差2.3X。这面积差距，带出影像质素评价的重要元素——像素密度的影响。

像素越高，面积不变，密度自然越高；若面积越大，像素不变，密度便会越低。但为何在D3与D300的比较上，会觉得密度低的FX机身所得效果好像较好？这全因所使用的镜头。对于镜头，我们可以构想它其实有极限解像力，一种能在全片幅上拍出分辨很多很多"点"的能力。若我们假设一支定焦镜头可以在全片幅上极限分辨出2500万多的"点"。对于D3或D700，全片幅上有1200万像素，若一"点"对一像素，是件很轻松的事。但对于D300，虽然同是1200万像素，但面积只有一半。若保持相同制程和密度，复制、加大至全片幅后，就变成一枚约2840万像素的全片幅感光元件，这时2500万"点"的镜头对2840万像素的密度，好像不够分配呢。"点不够"就会形成不够清楚，模糊化。所以在这2500万"点"的镜头下，D3和D700会比D300有较好表现。

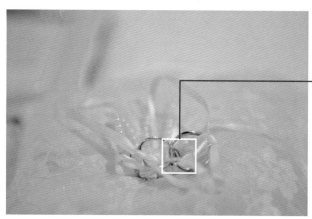

▲Nikon AF 50mm f/1.8D镜头在D700上以最大光圈f/1.8拍摄。

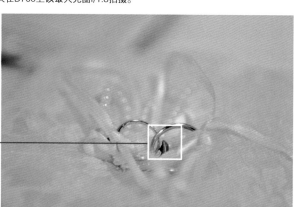

▲相同镜头在D300上以最大光圈f/1.8拍摄。

聪明的你，就会追问：哪些镜头有2000万"点"？哪些是3000万"点"？其实"点"不是镜头"威力"的正统量度单位，我们说来说去的镜头清晰状况，主要在于"解像力"的高低。《DiGi数码双周》一直采用的镜头解像力测试与评分方法，都是使用电脑软件，绝非人眼点算，由著名的Imatest软件，把所拍影像运算一回，分析结果后，得出一个SFR解像力测试得分，单位是LW/PH。多少的测试分数，才能同时满足D3（相同于D700）和D300的需求呢？没有一定的标准，要视每个人对"输出方案"的要求。本人在三机之上试了很多支镜头后，以个人所见，拥有约1800LW/PH的镜头，在D3上使用，于电脑屏幕中观看，已有不俗的效果，而2000LW/PH的，与2300LW/PH的效果感觉上相差不远，都很清晰。在D300上，若没有2000LW/PH的镜头，总觉得有点不足。但以上都是个人经验和主观感觉评价，每人都有自己的要求和标准。

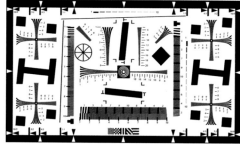

▲《DiGi数码双周》一直选用的专业影像质素测试软件Imatest。

▲专用解像力分析图，ISO 12233解像板。

透彻的阐述、专业的建议，将技巧和艺术完美结合的最新力作，适合每一位充满想象力和激情的摄影爱好者。

◀ 作　者：约翰·海吉科
引　进：时尚杂志社——北京时尚博闻图书有限公司
装　帧：16开，288页
定　价：68元

订购咨询服务电话：(010)65871909（王小姐）

DX镜与FX镜解像力比较

还会有人问："会不会有些镜头只能用在D300上，而且分数极高呢？"有的，而且数量不少，大部分Nikkor DX镜头就是这样，放弃了全片幅的支持，换来的就是在DX上的优秀光学。但FX镜头也不是全部给比下去，较新款的都会有数码优化效果，能有效防止感光元件的内反射问题。这些FX新镜头在D300上绝不比DX镜头差，而且支持FX全片幅，但代价是售价高昂。说回影像清晰与否，大家都已清楚了解，并不能只看机身，还要看镜头。好镜头，尤其是DX镜头，在D300上的效果，绝对有机会超越在D3配上一般的甚至质素低下的全片幅镜头。

AF-S Nikkor 24-70mm f/2.8G ED解像力得分（测试机体：D3）

		f/2.8	f/4	f/5.6	f/8	f/11	f/16
24mm	中央	1825LW/PH	1969LW/PH	1896LW/PH	2090LW/PH	1870LW/PH	1833LW/PH
	边缘	1765LW/PH	1732LW/PH	1621LW/PH	1963LW/PH	1813LW/PH	1868LW/PH
50mm	中央	1700LW/PH	1866LW/PH	1879LW/PH	2042LW/PH	1829LW/PH	1812LW/PH
	边缘	1704LW/PH	1762LW/PH	1761LW/PH	1946LW/PH	1764LW/PH	1733LW/PH
70mm	中央	1925LW/PH	1780LW/PH	1879LW/PH	2068LW/PH	1843LW/PH	1779LW/PH
	边缘	1509LW/PH	1163LW/PH	1224LW/PH	1887LW/PH	1798LW/PH	1796LW/PH

AF-S Nikkor DX 16-85mm f/3.5-5.6G ED VR（测试机体：D300）

		最大光圈	f/5.6	f/8	f/11	f/16	f/22
16mm 相对焦距：24mm	中央	2068LW/PH（f/3.5）	2185LW/PH	2135LW/PH	2075LW/PH	1907LW/PH	N/A
	边缘	1945LW/PH（f/3.5）	1958LW/PH	2044LW/PH	1987LW/PH	1786LW/PH	N/A
35mm 相对焦距：52.5mm	中央	2076LW/PH（f/4.5）	2093LW/PH	2102LW/PH	2031LW/PH	1915LW/PH	1707LW/PH
	边缘	2039LW/PH（f/4.5）	2086LW/PH	2070LW/PH	1987LW/PH	1874LW/PH	1606LW/PH
50mm 相对焦距：75mm	中央	2015LW/PH（f/5）	2064LW/PH	2056LW/PH	1988LW/PH	1900LW/PH	1620LW/PH
	边缘	1795LW/PH（f/5）	1913LW/PH	1890LW/PH	1924LW/PH	1871LW/PH	1621LW/PH

片幅大小、像素密度与杂讯形成

数码影像除了清晰度外，还有杂讯出现程度是用户"第一眼"便会去看的。很不幸地，这是片幅绝对主导的一项。数码影像的杂讯来源十分复杂，亦有非常多的变化，但感光元件的感光单元之间的距离越是接近，电路间的电流相互影响便越是严重，这会直接影响到杂讯信号增生。D3与D300之间有着1.5X的焦距差距，和超过2.3X的面积差距，令D300上出现的干扰较多，杂讯无可避免容易出现。唯一能令D300的杂讯抑制比得上D3的方法，就是尽量减去片幅以外的一切负面影响，例如电压增幅（ISO增高）和电压累积（长时间曝光）。

电压增幅是很多厂商所使用的感光元件提升感光能力的方法。但副作用就是会令影像上的杂讯颗粒增大，变得明显。在D3、D700与D300的不同感光度相片放大图中，就能察觉若同是最低的ISO 200（无须扩展的最低值），D300影像同样幼滑、干净。电压累积是长时间曝光无可避免要面对的。因为细小光圈或微弱光源下，令干扰电流的电压比重越来越高，最后出现在画面之上。不过相比电压增幅，电压累积的解决方法比较简单，只要开启"减低长时间曝光杂讯"功能，再等待每次完成长时间曝光后，跟着进行的"全黑"曝光，再让机体自行消减杂讯便可。

FX与DX机身的高ISO及长时间曝光杂讯比较

拍摄设定	ISO 3200感光度	30秒长时间曝光
Nikon D3及D300 \ AF-S Nikkor 24-70mm f/2.8G ED \ Picture Control：SD标准（预设参数）\ 关闭减低高ISO杂讯功能 \ 关闭减低长时间曝光杂讯功能	D3	
	D300	

感光度杂讯抑制比拼

效果比较

D3（**FX格式1210万像素CMOS，全片幅像素密度为1210万**）

	Lo1（ISO 100）	ISO 200	ISO 400	ISO 800
JPEG（**关闭** 减低高ISO杂讯功能）				
JPEG（**低程度** 减低高ISO杂讯功能）				
JPEG［**标准程度**（预设模式） 减低高ISO杂讯功能］				
JPEG（**高程度** 减低高ISO杂讯功能）				
RAW档（使用Nikon Capture NX 2软件转换另存为.TIFF，**Color Noise Reduction Intensity为预设的17%**）				
RAW档（使用Nikon Capture NX 2软件转换另存为.TIFF，**Color Noise Reduction Intensity为最高的100%**）				

D700（**FX格式1210万像素CMOS，全片幅像素密度为1210万**）

JPEG（**关闭** 减低高ISO杂讯功能）				
JPEG（**低程度** 减低高ISO杂讯功能）				
JPEG［**标准程度**（预设模式） 减低高ISO杂讯功能］				
JPEG（**高程度** 减低高ISO杂讯功能）				
RAW档（使用Nikon Capture NX 2软件转换另存为.TIFF，**Color Noise Reduction Intensity为预设的17%**）				
RAW档（使用Nikon Capture NX 2软件转换另存为.TIFF，**Color Noise Reduction Intensity为最高的100%**）				

D300（**DX格式1230万像素CMOS，全片幅像素密度为2830万**）

JPEG（**关闭** 减低高ISO杂讯功能）				
JPEG（**低程度** 减低高ISO杂讯功能）				
JPEG［**标准程度**（预设模式） 减低高ISO杂讯功能］				
JPEG（**高程度** 减低高ISO杂讯功能）				
RAW档（使用Nikon Capture NX 2软件转换另存为.TIFF，**Color Noise Reduction Intensity为预设的17%**）				
RAW档（使用Nikon Capture NX 2软件转换另存为.TIFF，**Color Noise Reduction Intensity为最高的100%**）				

ISO 1600　　　ISO 3200　　　ISO 6400　　　Hi 1（ISO 12800）　　　Hi 2（ISO 25600）

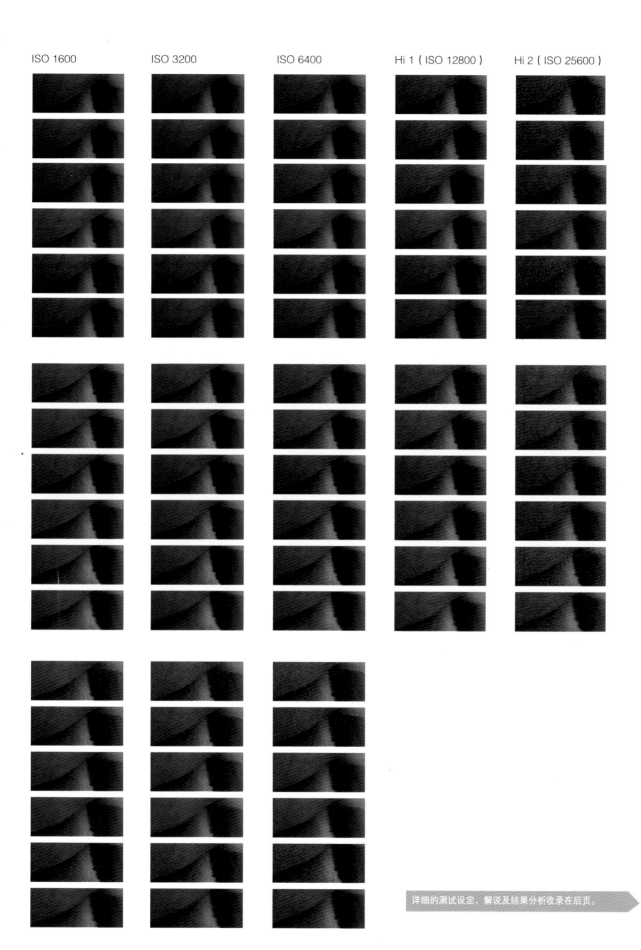

详细的测试设定、解说及结果分析收录在后页。

Nikon

测试解说

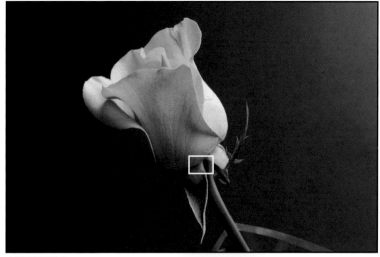

▲ 测试原图放大

▲ 测试现场

测试分析

由多张测试相片的效果表现，可看到杂讯的出现程度，主要受到感光度设定、感光元件的片幅大小和影像处理过程影响。当中以D3和D700，同样使用FX格式全片幅CMOS的杂讯抑制效果最为良好。在不开启高ISO杂讯功能时，由ISO 100至ISO 800的效果十分相近，即使以100%观看亦不易发现区别，直至感光度提升至ISO 1600至ISO 6400，杂讯才一级级地增多和增大。个人相当接受这设定的ISO 1600的效果，ISO 3200的杂讯虽然大一点，但仍属中上偏高质的水平，由ISO 6400开始至扩展出来的ISO 25600，若重视影像质素效果的，可免则免。当D3和D700启用了高ISO杂讯功能，杂讯的出现明显被大大抑制。与关闭功能时比较，预设模式的标准程度，把ISO 3200的效果提升如关闭时的ISO 800，更高ISO的相片亦同样受惠，大大减低了杂讯的颗粒大小。但在扩展出来的ISO 12800和ISO 25600上，减低高ISO杂讯功能，尤其是程度越高的，对影像的细节度"磨滑程度"越高，影像的清晰度被降低了。

D300虽然同样是1200万像素，但因为DX格式的细小片幅，令D300的像素密度相当于一部2830万像素的全片幅CMOS，大大高于另外两部FX机身，从而令杂讯的出现程度亦比D3和D700严重一些。优质的效果、不能轻易分辨感光度的效果，只维持在D300的ISO 100至ISO 400之间。虽然十分笼统，但就本人的肉眼于电脑屏幕中观看并列的相片，再作出视觉比较，感觉D300的ISO 800杂讯效果近似D3的ISO 3200，D300的ISO 3200就像D3的ISO 12800般。当D300启动了减低高ISO杂讯功能后，虽然同样能令杂讯的颗粒模糊，感觉小和少了，但影像的清晰度不但一同下降，而且在视觉感觉上，比D3和D700的模糊程度更高。个人比较接受D300在标准程度的减低高ISO杂讯功能下的ISO 100至ISO 800，更高的会较少选用。

若把机身.JPEG的效果并列由Nikon Capture NX2软件，在后期把RAW档转换成.TIFF的效果，再作比较，会发觉由Capture NX2软件所做出的预设效果十分接近机身的预设效果，不单照片调控Picture Control、白平衡，还有杂讯抑制效果都十分相似。软件的Color Noise Reduction，在Intensity为17%的预设效果，虽然不能明显消减杂讯的颗粒大小，但清晰度保持得相当好；当改变Intensity为最高值100%，虽然杂讯颗粒和色点色块的大小都得到明显的改善，但影像的清晰却做出等价交换，被降低了不少，效果类似机身.JPEG在使用高程度减低高ISO杂讯功能。

总体而言，三部机皇的杂讯水平表现，分别属于目前科技的最高水平，但仍以FX全片幅格式明显领先不少。作为活动、婚宴、运动或新闻摄影师，最常使用高感光度拍摄的，一部有着极低杂讯的机体是他们必须和最佳的选择，所以D3和D700在刚过去的奥运会和事发现场的报道中经常出现，大显功夫。作为文娱性质，生活纪录，把摄影视为兴趣、视为娱乐的用户，D300已十分满足他们的要求，因为他们都不约而同地不介意带三脚架，在不同地方，找寻优美的景物，慢慢地拍，低一点的感光度不但没有限制，而且是他们最乐为选用的。三部机皇在ISO 200或ISO 400上，很多地方都有十分类似的表现。

长时间曝光杂讯消减比拼

效果比较

测试解说

测试要求

· 测试结果以杂讯颗粒出现得越少越小便越好

测试器材

· Nikon D3、D700及D300机身
· AF-S Nikkor 24-70mm f/2.8G镜头
· 标准灰卡
· Gitzo GT1531三脚架及云台

测试方法

· 使用三脚架，开启2秒自拍计时器及曝光延迟模式功能
· 使用M全手动模式锁定30秒快门及f/22光圈
· 关闭自动感光度功能，感光度设定为ISO 200
· 选用RAW + JPEG模式（RAW档选用14-Bit模式记录；JPEG以最高解像度的最高质素记录）
· 照片调控模式：SD标准（预设参数设定）
· 使用手动设定白平衡模式，以18%灰卡为测量标准
· 偏重中央测光模式
· 曝光补偿：0EV

▶测试现场

▲测试原图放大

D3	D700	D300
（FX格式1210万像素CMOS）	（FX格式1210万像素CMOS）	（DX格式1230万像素CMOS）

关闭
减低长时间曝光
杂讯功能

开启
减低长时间曝光
杂讯功能

测试分析

经由长时间曝光所累积的杂讯信号，如不开启"减低长时间曝光杂讯"功能，杂讯会在画面的暗黑位置出现。比较之下，较亮的位置，杂讯的热噪点出现较少和较小。当开启了"减低长时间曝光杂讯"功能后，每次的长时间曝光（1秒或更长时间）都会在完成曝光后，再进行一次关闭快门帘幕的"Dark Frame"（黑片曝光），相机会处于暂停拍摄状态并于机顶黑白LCD屏幕上显示"Job nr"字样，需时与真正曝光一样。这个"黑片"主要记录了杂讯的累积程度，只要减去这些副作用数据，便能减去大部分由长时间曝光所形成的热噪点颗粒。

宽容度比拼（JPEG与RAW档）

效果比较

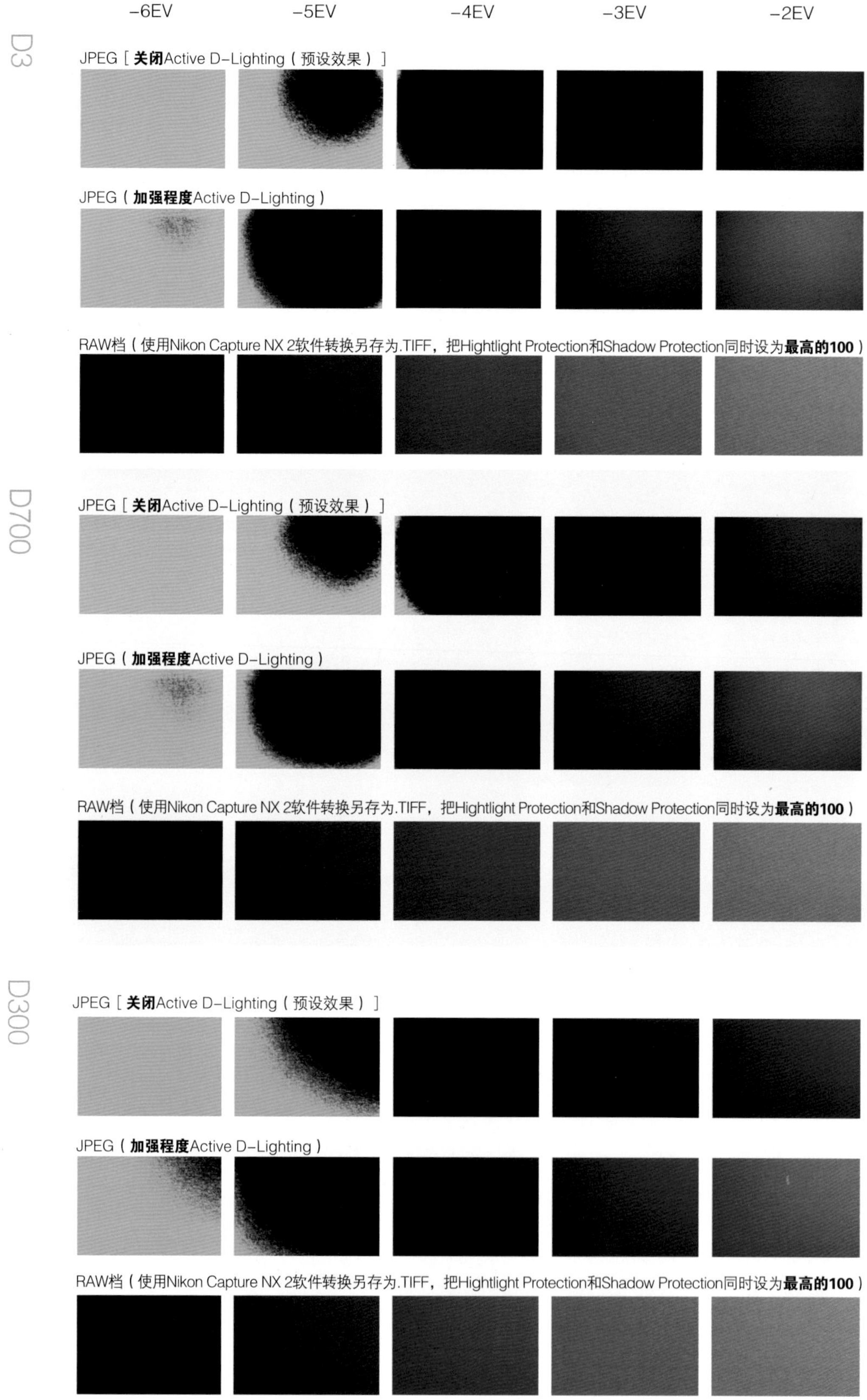

	−6EV	−5EV	−4EV	−3EV	−2EV

D3

JPEG［**关闭**Active D-Lighting（预设效果）］

JPEG（**加强程度**Active D-Lighting）

RAW档（使用Nikon Capture NX 2软件转换另存为.TIFF，把Hightlight Protection和Shadow Protection同时设为**最高的100**）

D700

JPEG［**关闭**Active D-Lighting（预设效果）］

JPEG（**加强程度**Active D-Lighting）

RAW档（使用Nikon Capture NX 2软件转换另存为.TIFF，把Hightlight Protection和Shadow Protection同时设为**最高的100**）

D300

JPEG［**关闭**Active D-Lighting（预设效果）］

JPEG（**加强程度**Active D-Lighting）

RAW档（使用Nikon Capture NX 2软件转换另存为.TIFF，把Hightlight Protection和Shadow Protection同时设为**最高的100**）

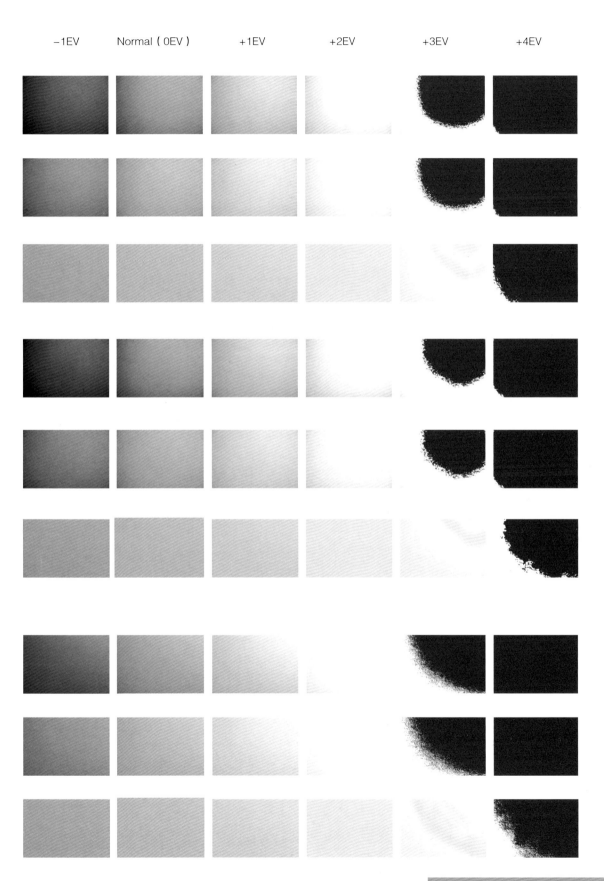

−1EV	Normal（0EV）	+1EV	+2EV	+3EV	+4EV

详细的测试设定、解说及结果分析收录在后页。

测试解说

测试要求
· 测试结果以曝光级数范围越宽越好

测试器材
· Nikon D3、D700及D300机身
· AF-S Nikkor 24-70mm f/2.8G镜头
· 标准灰卡
· Gitzo GT1531三脚架及云台
· Samsung R560手提电脑

测试方法
· 使用三脚架，开启2秒自拍计时器及曝光延迟模式功能
· 使用A光圈先决模式锁定f/5.6光圈值
· 关闭自动感光度功能，锁定ISO 200
· 选用RAW + JPEG模式（RAW档选用14-Bit模式记录 JPEG以最高解像度的最高质素记录）
· Picture Control：SD标准（预设参数设定）
· 使用手动设定白平衡模式，以18%灰卡为测量标准
· 重点测光模式
· 使用Nikon Capture NX2为测试影像的RAW档（.NEF）作出最高效果的Hightlight Protection和Shadow Protection设定及转换为无压缩.TIFF格式另存
· 使用ACDSee软件开启、检视各影像档案，同时启动软件的"Over Exposure Warning"及"Under Exposure Warning"功能。使用Microsoft Windows XP画面撷取功能，直接复制及粘贴于Adobe Photoshop CS 3的新档案上，再以无压缩.TIFF格式另存新文件。

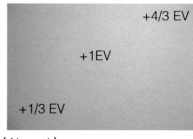

+1EV

+4/3 EV

+1EV

+1/3 EV

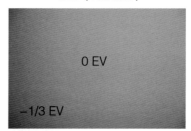

0EV（Normal）

0 EV

−1/3 EV

−1EV

−2/3 EV

−1 EV

−4/3EV

▲灯光效果令灰卡右上角部分比正中央部分曝光值高1/3EV；正中央部分比左下角部分曝光值高1/3EV。

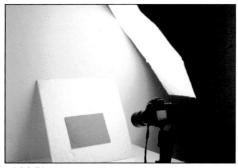

▲测试现场

▲当由ACDSee开启影像档案，出现绿色的部分，代表"死黑"的Under Exposure Warning（即R,G,B值是0,0,0）部位的分布。

▲当由ACDSee开启影像档案，出现红色的部分，代表"曝光"的Over Exposure Warning（即R,G,B值是255,255,255）部位的分布。

测试分析

从测试相片中得知，纵使三部Nikon机皇使用的感光元件有FX和DX格式之分，但感光度宽容度十分相近，估计因为其内部的硬件科技（CMOS）是同期的，而且用上相似的影像处理器（EXPEED）和效果设定（Picture Control）。

横向来看，三部机皇配合AF-S Nikkor 24-70mm f/2.8G镜皇，所拍得的机身.JPEG大约可记录由−5EV至+3EV的曝光补偿效果影像，即能够记录约10级EV光度反差的事物，对于大部分日照环境，相信都能覆盖；对于夜间拍摄，属于人造光源的现场光，并不统一，会时强时弱，没有固定设计，所以可能出现不固定效果的影像，令影像中出现局部反差过高，不能完全记录的情况。虽然日照时较少出现超过10级EV反差的景物，但就测试相片来看，三部Nikon机皇的"感光中位数"，并不是在±0EV之上，而是在−1EV之上，所以当我们拍摄一些反差极高的景物时，例如在猛烈阳光下拍摄带有阴影的金属制反光物，便需要以景物中的18%灰度位置测光，然后再做出−1EV的曝光补偿，刻意令影像曝光不足，好让机体的宽容度能把影像的各处光度都记录在案。

再从纵向来看，若把机身.JPEG和由RAW转换为.TIFF的档案比较，发现凭使用Nikon Capture NX2的Highlight Protection和Shadow Protection功能，做最大限度的"拯救"后，三部机皇的RAW档其实有着更高的暗位宽容度，能达至−7EV以上，光位宽容度则只扩展了0.5EV，达至约+3.5EV。这证实了，RAW档比.JPEG有较多资料层次的说法，但在使用Highlight Protection和Shadow Protection功能时，发现若"拯救"效果程度太大，有机会使影像出现异常现象，导致"白变灰"，出现逆向的效果。

另一方面，发现由D3和D300开始载有的Active D-Lighting功能，在机身.JPEG上，即使用上最大程度，仍只提供了少许的暗位宽容度扩展效果。相对RAW档的测试效果，仍然有一段颇大的距离，相信Active D-Lighting的"有所保留"，是不希望在过度扩展宽容度的同时，令影像中的对比度效果变得不讨好，甚至出现逆向反差的异常效果。

自动白平衡与色彩表现比拼

效果比较
测试解说

测试要求
- 测试结果以测试结果表的色彩偏差越少越好

测试器材
- Nikon D3、D700及D300机身
- AF-S Nikkor 24-70mm f/2.8G镜头
- Sekonic Dual-Master L-558手持式测光表
- Gitzo GT1531三脚架及云台
- Samsung R560手提电脑

测试方法
- 使用三脚架，开启2秒自拍计时器及曝光延迟模式功能
- 使用M全手动模式锁定f/11光圈值
- 使用手持式测光表测量色板受光量，手动同步相机曝光设定
- 关闭自动感光度功能，锁定ISO 200
- 选用最高解像度的最高质素.JPEG记录
- Picture Control：SD标准（预设参数设定）
- 选用Imatest软件开启及使用Color Check功能运算各影像档案，计算各个设定下的影像偏向。

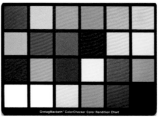
▲Imatest软件主界面

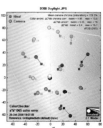
▲GretagMacbeth ColorChecker Color Rendition Chart

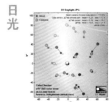
▲Imatest测试结果图表

测试分析

测试结果显示，D3和D700有着极为相似的AWB自动白平衡和Picture Control的Saturation饱和度偏向。在日光和日光灯下，D3和D700的色彩都偏向浓郁丰富，但AWB白平衡并没有因此受到影响，仍然十分准确。D300在相同条件的测试下，色彩较为偏向正常，不浓不淡，日光下的AWB表现不俗，但在日光灯下，AWB则比较失色，偏色明显。在钨丝灯下，三部机皇都出现程度不同的明显偏暖调现象，在重播时很容易察觉，用户亦会知道需要自行调校至钨丝灯模式。

D3

日光

▲Imatest 测试结果图表 Color Check

色彩平均偏差值：5.23（良好）
色彩平均饱和度：110.6%（轻微偏浓）

日光灯

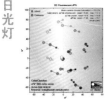
▲Imatest 测试结果图表 Color Check

色彩平均偏差值：6.84（良好）
色彩平均饱和度：103.2%（正常）

钨丝灯

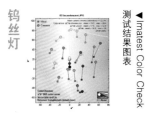
▲Imatest 测试结果图表 Color Check

色彩平均偏差值：15.3（明显偏暖）
色彩平均饱和度：122.3%（明显偏浓）

D700

日光

▲Imatest 测试结果图表 Color Check

色彩平均偏差值：6.39（正常）
色彩平均饱和度：115.1%（轻微偏浓）

日光灯

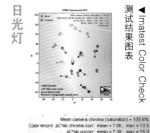
▲Imatest 测试结果图表 Color Check

色彩平均偏差值：7.06（正常）
色彩平均饱和度：105.6%（正常）

钨丝灯

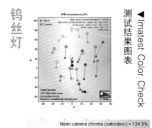
▲Imatest 测试结果图表 Color Check

色彩平均偏差值：16（明显偏暖）
色彩平均饱和度：124.9%（明显偏浓）

D300

日光

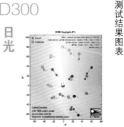
▲Imatest 测试结果图表 Color Check

色彩平均偏差值：4.95（良好）
色彩平均饱和度：109.3%（正常）

日光灯

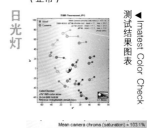
▲Imatest 测试结果图表 Color Check

色彩平均偏差值：11（明显偏绿）
色彩平均饱和度：103.1%（正常）

钨丝灯

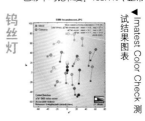
▲Imatest 测试结果图表 Color Check 测

色彩平均偏差值：14.8（明显偏暖）
色彩平均饱和度：116.3%（轻微偏浓）

每秒1至11张连拍速度比拼

效果比较

测试解说

测试器材

- Nikon D3机身
- AF-S 70-200mm f/2.8G VR镜头
- Gitzo GT1531三脚架及云台
- SanDisk Extreme Ducati Edition CF 4GB记忆卡

测试方法

- 使用三脚架固定相机位置和拍摄角度
- 关闭"自动DX裁切"功能及手动选择DX影像区域
- 镜头以70mm焦距拍摄及设定为手动对焦模式
- 使用M全手动模式锁定1/500秒快门及f/8光圈
- 使用ISO 800拍摄
- 相机的连续对焦模式选择快门释放优先模式

D700/D300 CH模式（必须装上MB-D10）

D3 CL模式 　　　　　　　　D3 CH模式（必须手动设定为DX模式）

| 7fps | 8fps | 9fps | 10fps | 11fps |

D3 CL模式

| 6fps | 5fps | 4fps | 3fps | 2fps | 1fps |

| 6fps | 5fps | 4fps | 3fps | 2fps | 1fps |

D700/D300 CL模式

连续拍摄储存速度比拼

效果比较

测试解说

测试要求
· 测试结果以储存速度越快越好

测试器材
· Nikon D3、D700及D300机身
· AF-S 24-70mm f/2.8G镜头
· Gitzo GT1531三脚架及云台

测试方法
· 使用三脚架固定相机位置和拍摄角度
· 选用RAW + JPEG记录 [RAW为12-Bit模式；JPEG以最高解像度的最高质素记录（即Fine L JPEG）]
· 使用M全手动模式锁定曝光值和1/250秒快门速度
· 使用ISO 200拍摄
· 闪关全部自动对焦、减低长时间曝光杂讯、减低高ISO杂讯、Active D-Lighting及暗边控制功能
· 相机的连续对焦模式选择快门释放优先模式
· 以最高像素的最快连续拍摄
· 机体将进行不间断的连拍，直至暂存记忆体满了，引致连拍的停止，在放开快门键，以讨论器测量至机背档案存储指示灯关闭之间所需的时间。

▼ 测试现场，计时器的运作从连拍因暂存记忆体满了而逼停止开始，直至机背的档案存储指示灯（红圈）熄灭为止。

▶ 测试中所拍摄的影像。

测试分析

从实际测试中，可见三部机体的档案储存速度，与它们的售价和定位有着一定的关系。最快的是足旗舰级的D3，其次是D700，最后的是D300。有趣的是，机体所使用的档案类型和体积亦有影响。在相同的机身、相同的拍摄设定上，只是由FX模式转变为DX模式，减少了一半感光元件的面积，存档速度能提高近50%。相同的拍摄速度，达至最高的47.5MB/Sec。模式中，才能引发甚至突破现在记忆卡的最高速度，也只有在DX

记忆卡	由厂方提供的最高读/写速度		D300 (5fps)		D700 (5fps)		D3(9fps)		D3 (11fps)	
			实拍档案总体积	存取需时	实拍档案总体积	存取需时	实拍档案总体积	存取需时	实拍档案总体积	存取需时
SanDisk Extreme Ducati Edition CF 4GB	45MB/sec	支持UDMA技术	258MB	17.3s	246MB	11s	243MB	10s	285MB	6s
SanDisk Extreme IV CF 4GB	45MB/sec	支持UDMA技术	292MB	19.6s	249MB	11s	242MB	10s	259MB	6s
SanDisk Extreme III CF 4GB	30MB/sec	N/A	268MB	21s	242MB	14s	249MB	13s	220MB	8s
SanDisk Ultra II CF 4GB	15MB/sec	N/A	255MB	36s	252MB	28s	269MB	31s	171MB	17s
Professional UDMA 300x CF 4GB	45MB/sec	支持UDMA技术	269MB	20s	236MB	12s	234MB	12s	192MB	9s
Transcend 300x CF 4G	35-45MB/sec	支持UDMA技术	274MB	21s	255MB	13s	234MB	14s	222MB	7s
Transcend 266x CF 4G	40MB/sec	N/A	262MB	29s	268MB	24s	241MB	22s	181MB	14s
Transcend 133x CF 4G	21.5MB/sec	N/A	236MB	45s	246MB	41s	236MB	40s	156MB	29s

41

机皇

最強操作

Chapter **3**
Operation

▲Photos by Carrie Tsui［《DiGi数码双周》记者（至2007年）］
\ Nikon D300 \ f/8 \ 1/125s \ ISO 200 \ Auto WB \ Picture
Control：SD标准 \ Nikon AF-S 18-135mm f/3.5-5.6G \ 87mm

43

P、A、S、M、B 曝光模式

模式转换示范

如果要长篇大论地讲曝光模式，解说什么是"P、A、S、M"，你可能已打着瞌睡收起这本书。但若说说机皇级的"P、A、S、M"会暗藏什么优化功能、有什么特别之处，大家便要留意了。因为我们用或"玩"得最多的，就是曝光模式了。

▲按下机顶右边的Mode键，然后转动后转盘。

P（Programmed Auto）自动程式

既然是最好的，即使变了全自动，三部机皇绝对是最强的"傻瓜相机"系列。当摄影师想悠闲地拍摄，光圈快门效果不再重要，只要全心去感觉影像，这就是抓拍（Snapshot也译作"街头快拍"）。

S（Shutter-Priority Auto）快门优先自动

当需要高速或慢速快门效果时，便会用上S快门先决。例如，1/4000秒能"锁定"行驶中的汽车；1秒甚至至30秒才能拍出淙淙流水。亦有人会长时间锁定使用安全快门速度，减少出现手震。

A（Aperture-Priority Auto）光圈优先自动

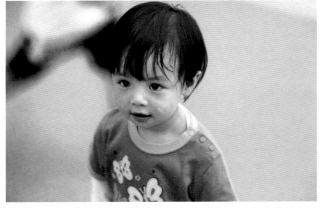

大部分用户都在人像拍摄时，选用A光圈先决，锁定最大光圈，营造浅景深效果。为了得到最佳的解像力，亦可用A光圈先决锁定镜头的"最佳光圈值"，可能是f/11，可能是f/5.6。

M（Manual）手动曝光

M手动曝光模式完全"手控"，感觉专业又自主。对于摄影班的学员，它是最佳的学习模式。在影楼使用闪光灯时，必须使用M手动曝光模式才能忽略模拟光（Modeling Light）的误导测光问题。

B门（bulb）长时间曝光

在M手动曝光模式中，还有bulb长时间曝光模式，不用多讲，大家都知道它是拍星星、拍夜空时做长时间曝光的。以长按快门键来控制曝光时间，手放开了，便会关闭快门，停止曝光。为了减去因曝光时间太长而出现的杂讯色点，建议配合减低长时间曝光杂讯功能一起使用。

曝光模式特别优化功能

自动ISO

说到P和A曝光模式，有人会有疑问，真的完全不用考虑快门吗？若环境太暗，我们又忘了调节光圈，快门自动下调至不易察觉但又不能手持的速度，回到家才发现全部相片都灰濛濛地不清晰。简单的解决方法，是我们可以启动相机的自动ISO功能，除了设定最高值的感光度，还有最低值的快门速度，可能是安全快门或之上。感光度的上限，我会大胆地设定为不扩展下的最高值，因为我宁愿微粒粗一点，也不想影像不清晰。

  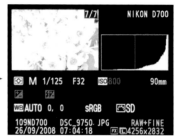

▲当启动了自动ISO后，ISO的设定就是在能符合最慢快门的设定下，尽量使用优质的低感光度。

▲当设定自动ISO时，最高感光度应该是我们对机身杂讯的最大接受程度。建议设在不用扩展的范围内。

▲从影像重播中看到，即使使用M手动曝光模式，若使用了非自动闪光灯，自动ISO仍然运作（红圈），随时变化，影响闪光的光度，通常会导致失控的曝光过度，需要手动关闭功能。

最慢自动闪光灯同步

有经验的摄影人，会选择M手动曝光模式配合机顶自动闪光灯拍摄。这方法必须有随时随地监控曝光值的习惯和需要。在三部机皇上，只要用户改用A光圈优先自动模式，再启动"用户设定"中的"最慢自动闪光灯同步"功能，预先为使用闪光灯时的自动快门调节设定下限，例如1/60秒或其他速度，而无视现场光的曝光不足。只注重主体受到闪光照射是正常曝光。加上自动ISO的辅助，较少出现大失误。

▲当关闭了内置闪光灯或未接上热靴闪光灯，A和P曝光模式会根据现场光和光圈，改变快门速度，有时候会低于我们的安全快门速度。

▲当启用了闪光灯，A和P曝光模式都会忽视测光系统，以所设定的最慢自动闪光灯同步拍摄。

先决设定锁定

在D3的机顶左边，独有一个"L"锁定键；在D700的目录中，亦有独有的锁定功能。在A、S和M曝光模式中，光圈和快门能分别由手动设定，或者一起由手动设定。若不想意外更改了设定，可以在完成光圈、快门的设定后，再按下"L"锁及转动转盘，就能锁上。虽然不显眼，但用过后会感到很实用。

x闪光灯同步

"x闪光灯同步"只出现在S和M曝光模式中。配合M手动曝光模式最适合在影楼用闪光灯拍摄。跟随"x"后面的快门速度，要在用户设定目录中的e1：闪光灯同步速度中修改，由1/60秒至1/250秒，上限的1/250秒是这三部机皇的最高闪光灯同步速度。

▲当使用S或M的曝光模式，转动转盘，超过30'（30秒）后，便会出现bulb和x闪光灯同步速度。

最强自动对焦系统——
Nikon Multi-CAM 3500FX对焦模组

自动对焦（AF）可说是令摄影普及的重要因素。六七十年代，全民黑白、全民手动（对焦、曝光和过片），"一手好相"必须经长时间苦练，对焦准确就是基本功。有了自动对焦Auto Focus（AF），鼓励更多人投身摄影之列，让人专心拍得有角度、有深度的相片，协助捕捉珍贵一刻、决定性一刻。

51点宽阔的覆盖范围

▲Nikon最新、最强的Multi-CAM 3500FX对焦模组组件。

D3、D700和D300最令用户喜出望外的进步，就是由D2Xs的11点AF感应器，一下子增加至现在的Multi-CAM 3500FX对焦模组51AF点，点数之多，前无古人。你可能会问，点多就好吗？不少人都只用中央一点对焦。先构图，再对焦，锁定后再构图。这个方法，即使只有一点，不是一样可以拍摄吗？但在超大光圈远摄镜头或微距摄影之中，景深非常短浅，一点儿的移动，都有可能使对焦出现变化，令本是合焦的位置变模糊。而且在连续追焦时，在只有一点或少量点数的机体上，只能选择主体置中的构图方法，不能让移动中的主体进行对角线移动或水平移动的连续照片拍摄。这些专业的拍摄范围和效果，就是三部拥有51点的机皇大大发挥效用的时候。

传统对焦方法示范

▲先粗略构图。　　▲把主体移往中央，半按快门键，启动自动对焦，合焦后仍不放手。　　▲再次构图，完成后，全按快门，正式拍摄。

51点对焦应用示范

▲直接进行构图。　　▲选择主体上的对焦点　　▲半按确定合焦后，全按进行拍摄。

15点十字型感应器

在资深用户群中有个"公开的秒密"，就是对焦感应器大致分为线性型和十字型。对于阴暗环境的对焦能力和准确性，绝对是十字型的较好。低价型号或旧式相机，即使有了很多对焦点选择，但十字型的仍然很少，甚至只有中央一点。所以仍有不少用户，都会习惯性地先把主体移往中央，利用正中间的对焦点，进行自动对焦，合焦后锁定，再进行构图及拍照。即使有了更多的对焦点，但专业用户亦常常只信中央一点。

但在三部机皇的51点对焦系统中，其实暗暗潜伏了15颗十字型对焦感应器。虽然不是全部51点都是十字型的，但作为最常用的中央区域，被这15点十字型对焦点密密地填满。它们的排列，并非完整的矩阵形式，而是中央的15点以较为突出的五栏三列矩阵形式排列，其余的36点则整齐排列在两旁。中间特别集中的15点对焦点，就是全部十字型对焦感应器。有人会问，十字型的这么集中，旁边的景物岂不是不能受惠？对于日光充足的拍摄环境，旁边的36点线性型对焦点，仍然运作自如，与中央的不相上下。如何发挥这么多的十字型对焦点是好？对于时装摄影师，尤其是出入各大小时装天桥表演的摄影师，在室内充满气氛的微弱灯光下拍摄，D3、D700和D300的集中式十字型对焦点，便可大派用场。

▲在D300的51点对焦点里，将十字型对焦感应器以红色框架显示，线性型的以绿色框架显示。　　▲时装天桥和类似拍摄性质的题材，对集中在一起的十字型对焦系统十分有利。

AF最低光度合焦测试

效果比较

测试解说

测试要求
·测试结果以成功合焦的环境光度越低越好

测试器材
· Nikon D3、D700及D300
· AF-S Nikkor 24-70mm f/2.8G镜头
· DiGi特制对焦测试板
· Gitzo GT 1531三脚架及云台
· Sekonic Dual-Master L-558手持式测光表

测试方法
· 使用三脚架固定相机位置
· 以镜头的70mm焦距而能拍下全部对焦测试板范围为准则
· 使用A光圈先决模式锁定镜头的f/2.8最大光圈
· 使用最高感光度拍摄
· 设定对焦模式为单次
· 设定驱动模式为单张

· 关闭相机的AF辅助灯（如有）
· 使用手持式测光表的入射光测量模式，测量对焦测试板上所受的光量
· 每次对焦后，均会检查所得影像的对焦情况
· 若影像出现对焦模糊不清或机体超过5秒仍未能成功合焦不能拍摄的情况，归纳为对焦失败
· 每个设定均会测试10次

◀ 测试现场

◀ D700和D300在测试前，先关闭内置AF辅助照明灯。

◀ 合焦正确影像

◀ 合焦失败影像

◀ 每部机体首先会以中央（十字型）对焦点进行对焦测试。

◀ 之后会再以对焦区域的边缘位置的（线性型）对焦点，再进行对焦测试。

中央十字型AF感应器

EV 值	EV -2.5	EV -2	EV -1.5	EV -1	EV -0.5	EV 0	EV 0.5	EV1	EV1.5	EV 2	EV2.5	EV 3
成功次数	0/10	2/10	5/10	7/10	9/10	9/10	10/10	10/10	9/10	10/10	10/10	10/10

边缘线性型AF感应器

EV 值	EV -2.5	EV -2	EV -1.5	EV -1	EV -0.5	EV 0	EV 0.5	EV1	EV1.5	EV 2	EV2.5	EV 3
成功次数	0/10	0/10	1/10	5/10	7/10	9/10	10/10	10/10	10/10	10/10	10/10	10/10

中央十字型AF感应器

EV 值	EV -2.5	EV -2	EV -1.5	EV -1	EV -0.5	EV 0	EV 0.5	EV1	EV1.5	EV 2	EV2.5	EV 3
成功次数	0/10	1/10	6/10	6/10	9/10	10/10	10/10	10/10	10/10	10/10	10/10	10/10

边缘线性型AF感应器

EV 值	EV -2.5	EV -2	EV -1.5	EV -1	EV -0.5	EV 0	EV 0.5	EV1	EV1.5	EV 2	EV2.5	EV 3
成功次数	0/10	1/10	2/10	3/10	6/10	9/10	10/10	10/10	10/10	10/10	10/10	10/10

中央十字型AF感应器

EV 值	EV -2.5	EV -2	EV -1.5	EV -1	EV -0.5	EV 0	EV 0.5	EV1	EV1.5	EV 2	EV2.5	EV 3
成功次数	0/10	2/10	4/10	6/10	8/10	10/10	10/10	9/10	10/10	10/10	10/10	10/10

边缘线性型AF感应器

EV 值	EV -2.5	EV -2	EV -1.5	EV -1	EV -0.5	EV 0	EV 0.5	EV1	EV1.5	EV 2	EV2.5	EV 3
成功次数	0/10	0/10	0/10	5/10	8/10	10/10	10/10	9/10	10/10	10/10	10/10	10/10

*红色字为"一按即对到"的实试结果

测试分析

　　虽然DX和FX格式在影像质素上是FX有着一面倒的优势，但在AF功能上则是DX系统的D300有着相同的效能，用途更方便的反而取胜。在以上测试数据中，发现三部机皇的低照度对焦能力大致相同，都是相当出色。配合f/2.8光圈镜头，最低能在EV -2时，使用中央对焦点成功合焦，虽然对焦过程比较费时，差不多约3至5秒时间，但在极昏暗的环境下，仍能对焦成功，已是十分出色。若希望做到"一按（快门键）便对（焦）"，而且"一对（焦）便（命）中"，便需要约EV 2的光度，与EV -2相差约4级光度，即多了16倍的光，以肉眼观察，EV 2差不多等于晚间的香港新市镇街道般。比较不同位置的对焦点的效能表现，发现明显是十字型的比较敏感，远离中央的线性型对焦感应器，需要EV -1才能合焦，到了约EV 0才能差不多次合焦。因为测试时设定了机身的a2：单次对焦模式优先为对焦优先，所以全部测试相片都为真正的合焦，没有出现走焦但快门开启的情况。

创新科技的AF区域三模式

除了有强有力的对焦感应器外，高科技相机都会加入多种AF模式，单点的和全部自动操作可说是必有的。到了机皇和Multi-CAM 3500FX对焦模组上，机背上的拨杆可以快速转换三模式，实际使用起来，方便又强大。当中还暗藏重大功能，玩味和实用并重。这三个机皇AF模式，分别是单点AF、动态区域AF和自动区域AF。

单点AF

第一次接触这三部机皇的用户，普遍会采用单点AF模式。用法与其他相机大同小异，都是让用户作出单一对焦点运作选择，尽量令主体在对焦点范围内，然后选择合适的一点进行对焦。预设下，用户可以在全部51点中，任意选择一点。但通过更改用户设定选单中的AF点选择项目，由51点收缩至11点，感觉就像用回上代机皇D2系列的一样，好处是可以更快地由中央移至边缘位置的对焦点。经过长时间使用后，个人认为活动拍摄，如婚礼，适合较快捷的构图构成和对焦运作，所以11点的选择比较适合。对于有充裕时间准备，需要有完美的构图和对焦的拍摄，如静物和桌上拍摄（Table-Top），比较适合51点的选择。

▲ 在用户设定选单中，进入a8：AF点选择项目选择，可选择的AF点是全部51点或如D2Xs的11点。

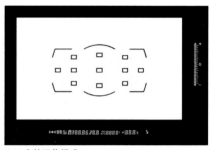

▲ 11点的运作模式。

▲ 在过程快捷的婚礼中，若只运行11颗对焦点，只需按键两下，就能把运作中的对焦点由中央改为最边缘的位置上。

▲ 微距拍摄会因为少许的角度移动而改变合焦效果。所以在选好构图和角度后，从51点中自选合焦位置和对焦点，不用再移动相机和镜头，就能准确对焦。

自动区域AF

自动区域AF，就是普通用户口中的"机身自选对焦点运作"模式。对于普通的机身，对焦点运行的决定方法，大多是依被摄物的距离而定，系统会自动选取较近的，但假若模特儿的前方出现一些花草树木，一般的相机很容易就会被误导，对焦在这些"前景"之上。Multi-CAM 3500FX对焦模组加上EXPEED影像处理器，提供了首创的场景辨识系统。也就是说，在三部机皇上，即使用上自动区域AF，亦不怕主体前方出现细小的遮挡物，或当蹲下向上仰望拍摄时，因天空的光度较亮，抢去相机对人物的注意，使焦点对到了无限远的蓝天白云中。实际试过后，感到这个模式准确度不俗，虽然偶有失误，但对于单一主体的拍摄，即使留有大片背景空间的，即使主体再细小，甚至摆放在对焦范围的角落位置，系统仍能辨认出，牢牢锁定。

◄ 对于大面积的背景，若使用自动区域AF模式，机身内的人工智能系统，能自动分辨出背景，牢牢锁住主体，进行对焦（若使用自动区域AF模式，在重播模式中不会显示对焦点位置）。

◄ 对在灰黑色的赛车场道路上奔驰的鲜艳跑车，自动区域AF模式不难锁定目标，持续追焦。

动态区域AF

动态区域AF模式，早在D200、D2Hs及D2Xs的年代已有，但绝不及现在使用于D3、D700和D300上的来得精彩和令人惊叹不已。因为它除了能连动多于一点的对焦点，作为群组对焦，加强对焦准确度外，还加入对焦点跟随画面中移动的主体一起移动、一起运动的追踪功能。当我们打开用户设定选单的a3：动态AF区域选项后，会发现有数个选择——9点、21点、51点和51点3D追踪。不论哪一个点数模式，动态区域AF模式的效果需要在C连续伺服AF模式上才能发挥。当持续追焦下，动态区域AF由"核心"对焦点，再辅以核心点四周附近的多个对焦点，作为辅助功能，当被摄体突然偏移、脱离核心对焦点之外，其他辅助对焦点会立即"补位"，继续对焦。对于应该使用9点、21点，还是51点，则需要视情况而定。用法与其他相机大同小异，都是让用户作出单一对焦点运作选择，尽量令主体在对焦点范围内，然后选择合适的一点进行对焦。

动态区域9点AF

先从"普通"的连动对焦说起。9点的动态区域AF，以核心对焦点加上四面八方的辅助对焦点，形成一个田字的对焦群。如果把核心对焦点设定为正中央的，那岂不是全部9点都是十字型的！对，相比起21点和51点，这时的9点模式的平均对焦能力应是最强的。对于喜欢使用中央对焦点对焦再构图的传统用户，这动态区域9点模式，比单点对焦AF多了8点的辅助，但使用方法一样，用户对合焦的信心更大。

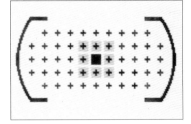

▲动态区域9点AF精准度高和顾虑因素少，十分适合喜欢使用中央对焦先对焦、后构图的用户。

动态区域21点AF

若9点模式是对焦能力平均值最高的，21点模式则是最能用尽全部15点十字型对焦点的模式。若同样选择核心对焦点是正中央的，这21点模式将会启动全部十字型对焦感应器，再加上左右各3颗线性型感应器，呈菱形排列运作。当拍摄的是不断作出小幅度前后移动的主体，例如舞蹈艺员，这一模式的21颗对焦点将差不多完全覆盖舞者全身，即俗语所说的"想走也走不掉"。

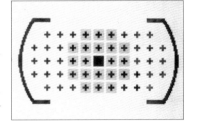

▲先锁定主体，即使主体会不断小幅度来回移动，21颗对焦点亦能紧紧地跟随。

动态区域51点AF

51点模式与9点和21点的不同，在于不论用户把核心对焦点移到哪儿，其余的50颗对焦感应器都会继续运作，你可能会问，这与自动区域AF不是很相似吗？是很相似，但自动区域AF不设自选核心或优先对焦点的可能，遇上两个主体，有前有后的，自动区域AF便有1/2可能会对在"不合心意"的主体之上。但对于动态区域51点AF，我们就能够清楚地设定"想对焦的主体"。个人觉得自动区域AF较为适合单次拍摄、主体明确和不能观看观景器的情况；动态区域51点AF就是针对多个移动主体，发挥最大功效。

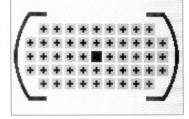

▲如影像中出现两个或更多的主体，如图中的两轮赛车，使用动态区域51点AF便较为合适。

Nikon

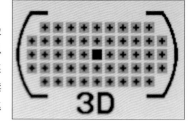

动态区域51点3D追踪AF

虽然自动区域AF和动态区域51点AF都运用了全部51颗对焦点，但真正能把D3的EXPEED影像处理器和人工智能的能力发挥到终极的，非3D追踪AF莫属。虽然名字充满科幻和未来感，但意思十分简明，就是对焦系统在追焦过程中，用户能自选锁定画面中移动的被摄体，不论由左至右，还是由上至下，只要它仍在51颗对焦点范围内，AF系统仍然会把它锁定，由一点交到另一点上，继续进行追焦。说起来好像简单，但内里的运作却异常复杂，如何辨认出主体的移动方向和速度？对焦点的交接亦是个重要问题。在实地的测试里，在相同的沥青马路上，对红、蓝、绿、橙、黑、白、灰色的汽车作出动态区域51点3D追踪AF连拍，得出的结果是在深色的路面上，D700的AF系统对红和绿的移动主体最为敏感，亦能顺利地由右"追"至左，直到超出对焦范围，其次是蓝色，比较弱的是灰和黑。虽然未能确定出现差异的原因，但估计与其内置的场景辨识系统以颜色的色调深浅和彩度作为运作原理有关。

追踪追焦 成功例子

追踪追焦 失败例子

网上视频

Nikon D700动态区域 51点3D追踪AF功能 示范短片

如想更传神地体会Nikon D700使用动态区域51点3D追踪AF模式做持续追焦的情况，大家可以登录《DiGi数码双周》在YouTube开设的网络群网址，点击开启编号为"DPB37_A"的短片，细欣慢赏。

YouTube DiGi网络群网址：
http://www.youtube.com/digibiweekly

快门释放条件优先选择

机皇上的AF功能，除了有多种运作模式外，快门释放条件亦十分重要。若我们不是一般的用户，不会一辈子只跟随厂方预设的设定使用，要好好认识每一次自动对焦，直至每一次快门释放之间，所发生的事。

合焦优先与快门释放优先

若经常转换使用S单次AF和C连续AF，应该会发现出厂预设都是在S单次AF下，不合焦不拍摄，对着一张白纸或摄距太近合焦不能时，不论按下快门键多久，都不会打开快门；当使用C连续AF，不论正在追焦的事物是否合焦，只要全按快门键，都一样可以拍摄。以上的区别就是预设的拍摄优先条件各有不同，一个是合焦优先，另一个是快门释放优先。在Nikon D-SLR上，我们不只拥有S单次和C连续AF的设定可能，它们的优先条件亦有自主的权利。

▲在用户设定目录中，把快门拍摄优先条件分成了a1：连续对焦模式优先与a2：单次对焦模式优先。

▲三种选项——快门释放优先：不论合焦与否，按下快门键便拍摄；对焦优先：不论手动或自动对焦，若不被确认为合焦或锁焦，便不能开启快门拍摄；快门释放+对焦：会自动选取、转换运作优先因素。

S的优先条件

为何厂方会选择S单次AF便需要合焦优先，而C连续AF便只要按下快门键就能拍摄？倒转设定又有何作用呢？首先，S单次对焦大部分时间都会和S单张拍摄一起被使用，这是基于半按快门键为对焦，全按为拍摄，便是最基本的AF拍摄功能。我们经常会用的半按快门键，合焦后手指不放作为"锁焦"，然后再移位构图。

当更改了用户设定的a5：触发自动对焦的选项，变为限定AF-ON键进行对焦后，便不需要再长时间按键锁焦，合焦后放开拇指，镜头的对焦位置都不会再次移动。但此时的移位构图，若令主体离开运作中的中央对焦点，令它变成"对空"了，预设下的合焦优先设定，令全按快门亦不能拍摄。所以若使用AF-ON键进行先对焦后构图的S单张拍摄，建议改以快门释放优先。

▲进入用户设定目录中的a5：触发自动对焦，更改选择为仅AF-ON键。

▲先把主体置中，启动中央对焦点进行对焦。

▲合焦后放手，然后任意再次构图，但距离不变。

▲在预设下，用户设定目录的a2：单次对焦模式优先为对焦优先。因为主体已离开运作中的中央单点对焦点，所以全按快门亦不能拍摄。

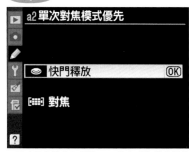

▲更改用户设定目录的a2：单次对焦模式优先为快门释放优先。同样是主体已离开运作中的中央单点对焦点，但全按快门已可以拍摄。

C连续AF、CL连续拍摄下的不同优先条件效果

另一方面，C连续AF的预设是全按快门键，便是拍摄的快门释放优先，最大好处就是配合CL或CH连拍模式时，不会错过任何一个时刻，纵使景物还未合焦，仍没有最清晰，都先拍下来。若我们更改优先条件，让CL和CH连拍下的C连续AF必须在确认为合焦后才能拍摄，虽然会错过开始时的某些拍摄机会，但所拍下的每一张相片，都是被机身确认为合焦的，若用户十分重视合焦，便建议选用对焦优先。

测试解说

快门释放优先

► 选用C连续AF、CL连续拍摄，然后在a1: 连续对焦模式优先中，选择快门释放优先拍摄迎面驶来的汽车。进行追焦连拍前，先手动设定对焦点位于最前面的最近对焦。

对焦优先

► 在相同环境再次选用C连续AF、CL连续拍摄，但a1: 连续对焦模式优先，改以对焦优先来拍摄。拍摄前，同样先手动设定对焦点位于最前面的最近对焦。

▲D3 \ AF-S VR 70-200mm f/2.8G \ 1/500s \ f/4 \ ISO 400 \ CL驱动模式9fps连拍 \ 快门释放优先（部分影像）

▲D3 \ AF-S VR 70-200mm f/2.8G \ 1/500s \ f/4 \ ISO 400 \ CL驱动模式9fps连拍 \ 对焦优先（部分影像）

测试分析

在连续的影像中发现，若使用预设的快门释放优先，开始的几张都出现对焦不清的模糊现象，但一张比一张更清晰，连拍4至5张后，追焦成功，一直保持合焦。更改设定为对焦优先后，发现全部相片均为合焦准确的清晰影像。但两次测试中，明显以合焦优先的设定下，令"第一张"相片比较迟开始，而且连拍速度亦有少许的延迟。

D3的AF无效

关于在C连续拍摄时，作C连续AF的追焦连拍，除了希望"每一张"相片都清晰外，若用户选用了最高速度的CH 11fps连拍，如果不把预设由快门释放优先改为对焦优先，C连续AF会因超高速连拍，纵使快门声此起彼落，但镜头却未能进行AF，即使按下十几秒快门键，机身已拍了最多的130张相片，但仍然是"一张也不清晰"。这种情况，只要改变为对焦优先就能解决，但11fps的高速便有可能被减慢，但总比全部相片都"不合焦"好。

▲D3 \ AF-S VR 70-200mm f/2.8G \ 1/500s \ f/4 \ ISO 400 \ DX模式 \ CH驱动模式11fps连拍 \ 快门释放优先

多元化的驱动模式

　　早期的相机只有单张和连续拍摄两种拍摄模式。但到了机皇年代，科技进步了很多很多，除了连拍速度快得令人难以置信外，还可以划分慢速连拍和高速连拍。当中的Live View实时显示功能令不少未用过的人"大开眼界"，令拍摄模式变得非常多元化，是高阶用户必看必读的功能。

S 单张

CL 低速连拍

CH 高速连拍

▲在三部机皇的机顶左边，暗藏一枚模式转盘，需要先按下安全释放键才能转动。

自拍倒数计时

MuP 反光镜
预升锁定

Lv Live View
实时显示

连续拍摄模式

▲快门帘幕的开合控制，主导了单镜头反光相机的连拍速度。除此之外，反光镜升降控制和影像处理器都相当重要。

每秒11张极速连拍操作与优化

连拍一直都是胶片SLR发挥得比较好，因为D-SLR为了处理影像撷取，把系统资源平分了，每秒10张的关口一直都未被人冲破。自加入了EXPEED影像处理器的D3诞生后，Nikon开了一个先河，而且是一跃而至，由上代D2Xs的8fps，一口气升至我们的机皇之皇D3的11fps。若你手中的D3已经接受缓冲记忆体扩展服务*，更可以连续拍摄119张Fine L JPEG或44张RAW档（12-bit）。令D3成为目前连拍速度最高、张数最多的D-SLR。

Nikon D3缓冲记忆体扩展服务*

服务内容：为有需要的D3用户增大机身的缓冲记忆体容量，加强不间断的连续拍摄张数。

连拍张数比较

档案格式	D700	D300	D3	D3（已接受缓冲记忆体扩展服务*）
Fine L JPEG	100	43	53	119
12-bit RAW档（.NEF）	23	18	18	43

*Nikon D3缓冲记忆体扩展服务详情和收费，请咨询当地Nikon售后服务机构。

微调连拍速度

虽然只有D3才具有11fps的高速连拍功能，但D700和D300的亦不算弱，也有8fps，与其他品牌的同级对手比较，D700和D300更是技压群雄，相差颇大。除了快之外，三部机皇更加体贴照顾各种拍摄需要的用户。机顶上的模式转盘已印有CL和CH字样，很多用户都会意识到，不只一个速度可选择。但对于有着"操控王"之称的三部机皇来说，连拍速度又怎会只有平庸的一快一慢呢。当打开用户设定目录的低速连拍速度选项，你便会有大惊喜，就是能自定义任何一个整数的连拍速度，即D700和D300的CL低速连拍，能够在1fps至7fps间任意调校；D3的则能够在1fps至9fps间任意调校。至于CH高速连拍，D700和D300就是最高速度；D3的CH则还有9fps、10fps和11fps可选。第一次接触的用户，可能会觉得眼花缭乱，但用久一点便会知道平日自己最佳的CL拍摄速度应该是多少。

这个速度选择弹性大，让用户面对不同的拍摄题材时，有选择的自主权和各种设定变化运用的乐趣。拍摄赛车时，用上最高的11fps和8fps；拍摄跳舞动作时，便转为较低的3fps至1fps。而且低速的连拍，还有其他辅助功用。例如，在活动拍摄上，使用自动闪光灯Nikon SB-900，它的"预闪"经常会诱发眼睛敏感的人不自觉地眨眼，最后被拍下的是闭着眼的模样。我们选用连拍3fps及连续数张，便有很大的机会抓到一张睁着眼的，而且连拍速度不算太高，闪光灯亦能有长一点的回电时间，对于如1/4至1/2的闪光功率输出，效果明显。

▲虽然有划分CL和CH，但在D3上的CL的最高设定值一样可以是7fps至9fps，一点也不"低速"。进入CL的速度选择界面后，会发现精彩的全范围的选择可能。

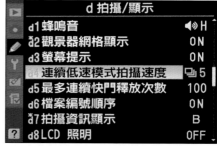

▲D3与其余两部机皇的速度选项名称有点区别。D3的是d2:连拍速度；D700和D300的则是d4:连续低速模式拍摄速度。

▲拍摄合照时，连拍数张，对减少人物出现眨眼和闭着眼的情况，十分有用。

连拍极速限制
D3的DX格式11fps

说了很多三部机皇的强劲之处，但世事难完美，很多时都是"若要马儿好"便需"马儿要吃草"。三部机皇的极速连拍，其实各自暗藏不少限制条件，例如D3的11fps，便必须启动DX裁切功能，有点像D2Xs的"高速裁切"，减小影像范围和档案体积。

▲D3的11fps只能在DX模式时才能运作，观景器会自动出现电子遮色片，显示有效影像范围。

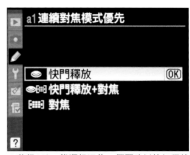

▲若想11fps能顺畅运作，便要改以快门释放优先，但对会移动的物体，这会做成连续AF完全停止的状况。

若坚持使用全片幅FX范围拍摄，即使改变影像尺寸为M的全片幅600万像素模式，仍然是最高的9fps。而且需要暂停使用14-bit的RAW档作为储存格式。有人会说，若想以11fps拍摄，岂不是大大浪费了FX格式的优势？话是可以这样说，不可否认镜头的焦距被DX格式放大了、像素亦下降，但换个角度，这方法是可以在最低的成本中，提供了多一项、高一级的功能，鱼与熊掌真的不能兼得。另一方面，若用户选用了以合焦为对焦模式优先条件，在CH高速连拍加上C连续对焦下，为了确保每一张相片都是合焦的，11fps亦有很大的机会"窒息"，呈现出不规则地间断拍摄。但若不开启对焦优先，在11fps下，C连续对焦差不多完全不会运作。因此在使用11fps时，必须有多一些考虑。

D3的11fps启动步骤示范

▲转动拍摄模式转盘至CH高速连拍模式。

▲打开用户设定目录的d2:连拍速度，进入高速连拍选项。

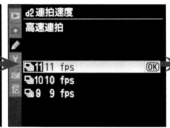

▲从三个选项中选择11fps。不论是FX模式还是DX模式，10fps和11fps一样可以选择，但直到启用了DX模式，才能真正发挥10fps或11fps的效果。

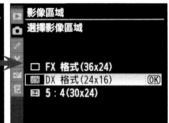

▲转到拍摄选单目录，打开影像区域，手动选择DX模式。

MB-D10电池手柄的加速

虽然每秒11张是D3的专利，但D700与D300亦不弱，最高能做每秒8张的拍摄，平了D2Xs于高速裁切下的纪录。但用户必须另购其专用电池手柄MB-D10，而且使用满电的AA充电池或EH-5a/EH-5专用充电池（相同于D3所使用的），才可享用最高连拍的8fps。不论是安装了没有电池在内的手柄，或更改了目录，先选用机身的电源，甚至电池安装出现错误，都会使最高连拍速度变回5fps。虽然要付出额外金钱，但就能够同时享用提升了近60%的8fps所给予的快感，而且MB-D10还有提高握持感的优点，这些都令很多用户不假思索便立即添置了。

D700和D300的8fps启动示范

▲为D700和D300安装内有8枚满载电源的AA充电池的电池手柄MB-D10，令速度升至每秒8张。

▲转动拍摄模式转盘至CH高速连拍模式。

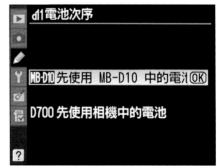

▲在用户设定目录中进入d11:电池次序，确认是否选择了先使用电池手柄MB-D10中的电池。若电池安装错误，亦会自动转用机身的电池，8fps亦不能发挥。

次时代D-SLR
Live View实时显示拍摄

单镜头反光相机SLR的精髓，就是透过反光镜把光线和影像投射到观景窗中，但会存在几个问题。第一个是为了迁就人眼视觉范围，所以观景窗的放大率不会很大，最大的亦只会与135胶片1:1相同。当使用广角镜，如不加入分裂对焦屏，初学者很难一次就做到准确和肯定的合焦判断。第二个问题，就是持机者的姿势若有歪斜，令视线中轴侧偏了，即使是100%观景范围亦会因被遮挡少许，失去了"100%"的意义。第三个问题是若使用观景窗构图，眼睛必须持续紧贴，对于特别角度的拍摄，例如超低角度仰视，唯有使用"烟斗型"的直角观景窗，否则只能以"估计"的方式使用不看而摄的Off Finder拍法。

效果比较

持机姿势

正常方法	低角度	高角度

拍摄效果

情况在D-SLR发展多年后，于2005年有了突破性改变，出现了可以看着LCD构图的D-SLR，也就是直接透过感光元件进行连续的影像撷取，形式类似坊间俗称"傻瓜相机"的整合型DC（Compact Digital Camera），这种科技被称为Live View，中文译名变化很多，在Nikon机皇上它被称为实时显示。

Live View启动示范

▲首先转动机顶的拍摄模式转盘至Lv，即Live View功能。

▲全按快门启动Live View，全按快门拍摄，然后自动关闭Live View。若想再启动Live View，就要再次全按快门。

D700限定!! Live View的启动捷径

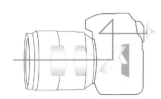 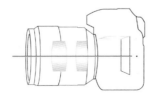

▲一般的拍摄方法，光线会被反光镜反射，再经过机顶的五棱镜，折射到用户眼中。

▲Live View实时显示则长时间升起反光镜、快门帘幕打开，让影像不断投射在感光元件之上，再经由处理器分析，在机背的LCD或视频输出中呈现所得效果。

▲打开D700的目录，进入f5:指派FUNC.键功能，在多个选项中，选择Lv实时显示。

▲只要轻按机前接环旁边的Fn键，就能极快启动D700的Live View功能。

Live View模式切换示范

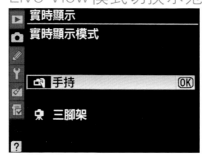

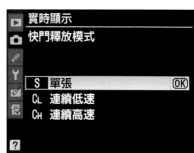

双AF模式Live View

  D300和D3是首批拥有Live View功能的Nikon D-SLR。虽然是第一代，但已拥有两种运作模式，分别是手持模式和三脚架模式，它们的运作原理和效果各有不同，需要用户熟悉了再视情况而定。

▲在拍摄选单目录的实时显示中，就能在两种模式的图示和名称中二选一。

▲除了运作模式，D3和D300用户若希望连拍功能在Live View模式运作中使用，必须在此同时启用。

手持模式

  先说手持模式，操作画面中首先会发现熟识的51点对焦范围。对焦点的选择和运用与光学观景的一样。不过，AF时的运作过程有些不同。Live View的手持模式中，当按下AF-ON键或半按快门，都会令机体暂时停止Live View撷取影像，LCD会出现暂时的"黑画面"。这时候，反光镜会降下，让光线折射到镜箱底下的AF感应模组，让传统的AF顺利运作。当机身确认自动对焦已完成，发出"哔"声，用户放手，才会再次升起反光镜，继续Live View观景。

D700的Live View手持模式示范

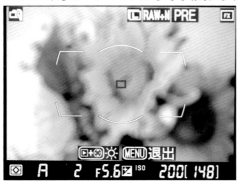

▲手持模式的显示画面，示范中正使用单点AF模式。

◀预设下，半按快门和AF-ON键，都能引发自动对焦。自动对焦发动期间，Live View手持模式的画面，会暂时黑色一片。解除AF后，便会再次出现实时影像。

  手持模式的AF方法获得的最大好处，就是可以沿用机身强大的Multi-CAM 3500FX对焦系统，以TTL相位差别感应技术运作。不论速度、低光感应度和准确度，都与传统拍法一样。唯一的不足就是要等待黑画面过去。预设下，半按快门和按下AF-ON键，都会引发自动对焦的黑画面。所以若希望继续使用先对焦、后构图的拍法，建议限定自动对焦只有AF-ON键。否则，半按快门键，对焦完成后，以Live View构图，再全按快门拍摄之时，焦点就会移动，变成失焦。

  虽然对焦速度快，但AF进行中，需要暂停实时影像的撷取和显示。当不使用传统的持机姿势时，较难稳定持机，除了手震外，还会出现瞄准错误。单一对焦点容易偏离目标主体。所以当使用手持模式作手持拍摄时，建议选用附有光学防手震的VR镜头和机皇的自动区域AF模式。

▲手持模式的自动对焦功能，仍然沿用位于反光镜箱下方的相位差别感应器。

▲与传统观景法一样，手持模式不会因改变了拍摄光圈，而影响构图时的画面效果，镜头光圈会一直保持最大。

▲因AF时会出现短暂的黑画面，为免因手持令单一对焦点移动而不在主体之上，所以建议在手持模式时选用自动区域AF，让51点自动对焦点自动运作。

▲当手臂不能形成稳定的三角形姿势，手部很容易疲劳和颤抖，配以防手震VR系统的镜头和高一点的快门速度，有助减少模糊相片的形成。

三脚架模式

手持模式讲求的是快捷，但自动对焦运作时，必须面对一段时间的黑画面，有少许违背了SLR的优点。为此，Nikon提供了三脚架模式，都是按下AF-ON键或半按快门启动自动对焦，但反光镜不需降下，亦不会有黑画面。不再依靠传统的AF感应模组，改以新的方法运作，处理器即场分析反差变化，捕捉出现在合焦时的最高反差。虽然三脚架模式不快，但却很仔细。借着重新启动Live View，就能随时看到使用中的光圈景深效果，而且对焦点能在画面中随意游走。配合三脚架，完全不用顾虑，随心所欲地构图，然后悠然移动对焦点到想要的位置，进行不间断的实时自动对焦。

D700的Live View实时模式示范

▲未对焦的影像。

▲合焦的影像，反差明显高了。

▲三脚架模式下，持续按动AF-ON键，进行自动对焦，Live View画面不会消失。当对焦点的框架呈现闪动的绿色，就是正在进行自动对焦。完成自动对焦后，绿色框架停止闪动。

▲即使是最边缘的位置，自动对焦点仍然可以到达。对焦点的位置会影响Live View时预视画面的光度，但不会影响拍摄时的效果。

景深预视

◀于D3上使用Live View三脚架模式，只要直接改变光圈设定，镜头立即跟随收细或放大光圈，即时影像立即出现景深和画质粗细度的变化。

◀在D700上使用Live View三脚架模式，改变了光圈设定，镜头不会立即跟随，需要停止Live View，再次开启，镜头才会设为最新光圈值。

Live View时应使用观景窗遮帘

D700限定!!
D3限定!!

因为启动Live View时，反光镜会升起，我们的面部亦不再需要紧贴机背，所以光线可以逆向由观景窗进入机身内部，甚至影响感光元件，搔扰Live View期间的影像撷取和测光效果，情况会持续至正式拍摄，原理就像在长时间曝光般。所以D700和D3的用户若使用Live View，建议关闭观景窗遮帘，阻挡光线逆向进入。

▶为了阻挡光线逆向进入，建议在Live View启用前至完成拍摄，关闭观景窗遮帘。

▲当我们使用Live View时，若镜头向下，机背向天，阳光容易逆向进入机身，出现如雾镜的白化现象。

Live View手持模式与三脚架模式的比较

模式统称	对焦类型	对焦原理	对焦点位置	适合使用的情况
手持模式	间断式AF	机身AF模组	TTL相位差感应技术	相同于一般拍摄模式的51点	快速地高举或低放的拍摄姿势
三脚架模式	实时式AF	影像处理器	数码影像反差变化	画面中任何一个位置	静物、风景等需要使用三脚架拍摄题材

Live View的特别功能

对焦点选择

▲当在手持模式中，使用单点AF或动态区域AF，按下机背的十字方向键直接改变运作中的对焦位置。

13X即时观看放大

▲按动D700或D300机背上的放大重播按键，把即时画面局部放大。

▲不断按动放大重播按键，可以最高放大至13X。按缩小键令范围扩大，最后会返回全影像显示。

移动放大区域

▲手持模式中，进入放大显示界面后，按动十字方向键，只会移动放大区域位置，但不影响对焦点位置。

▲三脚架模式中，任何时间，按动十字方向键，都会同时移动对焦点和放大区域。

▲按动D3的重播变焦键不放，然后向右转后转盘。

▲向右转动就是放大即时影像；向左转动就是缩小即时影像。

Live View上的水平仪

 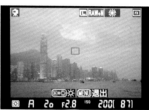

▲D700的Live View模式，能让即时画面变成背景，辅以电子水平倾斜仪，让用户同时构图和设定水平状况。

▲按动info键，能暂时关闭水平仪，让用户观看全部实时影像。若要再开水平仪，持续按动info键，直至再次出现为止。

改变画面光度

◀按下重播键不放，加上十字方向键的上、下按钮，就能调校显示影像的光度。

▲左为最亮的显示效果；中间是预设；右为最暗的。

Nikon D700 双模式Live View示范短片

网上视频

如想更传神地体会使用Nikon D700的Live View拍摄功能操作情况，大家可以登录《DiGi数码双周》在YouTube开设的网络群网址，点击编号为"DPB37_B"的短片，细欣慢赏。

YouTube DiGi网络群网址：
http://www.youtube.com/digibiweekly

Live View使用时注意事项

小心勿做

以下的注意事项，都是由很多用户实际用过Live View之后所分享的经验之谈。虽然大部分品牌，都会在约两年时间内推出新款D-SLR，三部机皇在不久的将来亦会有"接班人"，但我们亦应尽量减免它们的损耗，令其在使用期间，一切正常。

勿长时间向着高光源

医生建议不要长时间直望夕阳，以免令眼睛的感光细胞受到阳光的伤害。何况是没有自动复原能力的电子仪器——CMOS感光元件。

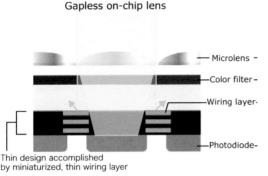

▲每个感光单元上都有一片聚焦透镜，加上相机镜头的合焦动作，把光能和热能都集中在一"点"之上。

▲建议不要长时间让感光元件直接受到阳光的照射，使用Live View向夕阳构图拍照就是个颇危险的动作，尤其是全开光圈，使用手持模式时。

170° 的观景角度极限

虽然三部机皇上的LCD显示屏是最高级、最高质的，但仍有它的极限，水平垂直170°是它的最大可视角度。但有时候，可能都不够用，这时只要拿出一面镜子，就能冲破极限。

重新计算的安全快门

众所周知，安全快门并不标准，需要用户自行调节，笔者较为乐于采用1/125秒。但在手持模式Live View拍摄时，整个人的姿势变了，难以再稳定持机，所以安全快门的计算亦应有所调节，可能是1/250秒或更高。

▲三部机皇的LCD屏幕都是最高阶的92万像素（640x480 RGB解像度），可视角度达170°。

▲在一些极限拍摄角度上，加多面镜子就可以把不可能变成可能。

▲Live View就是看着LCD显示屏构图，整个姿势变得没有支持，手肘变得不固定，上下震动会很强烈。若不想影像模糊，唯有加快快门速度和选用有VR光学防手震系统的镜头。

▲三脚架模式，当然是建议装在三脚架上使用的。

长时间使用过热警告

Live View中的D-SLR犹如一部超高像素DV机，把每秒多格的影像不断整理和显示出来，当中的运作工序会消耗大量电源，亦会散发颇高热力。太长时间处于高温，对电子元件来说并不是好事。

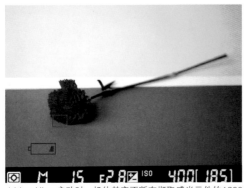

▲Live View启动时，机体其实不断在撷取感光元件的1200万像素影像，所以电池消耗得很快。

▲除了电力用得快，机身已接近极限，画面中会出现倒数图案，然后启动保护机制暂停Live View的使用。

Live View的优化使用秘技

Live View在DC上可能主要方便不喜欢或不能够面贴机身拍摄的人，例如化了妆的女士，或大汗淋漓的男士。但它其实暗藏重大的拍摄辅助功能，例如它的弹性构图角度，若懂得发挥，相片的味道和感觉能立即截然不同。

超现实的拍摄感觉

超现实是很深奥的表达方法，但却很容易去定位，简单来说就是正常操作下不会做到的效果。在摄影里有很多方法可以做出超现实感觉，在Live View的协助下，极高和极低的拍摄角度，加上一支广角镜，甚至鱼眼镜，就是最简单的超现实拍摄方法。

▲可能只有一只蚂蚁才会这样看着一只小狗。

▲要让大人变小孩，便要举机高过她了。

既是摄影师亦是助手

D-SLR上的Live View的最大好处，就是可以直接把实时影像立即呈现在其他媒体之上，例如LCD电视或电脑屏幕。单人影室以往只能打出"世界光"，现在有了Live View，再细微、集中的光效，都能独自完成，但你要懂得左右影像倒转处理。

▲以HDMI接线，输出Live View影像至40英寸的LCD显示屏，不会没看头吧！

▲单人影楼、闭关禅修打灯技巧，绝对需要一部有Live View的D-SLR。

即时效果预览

除了快攻，Live View在慢拍时，功能和效果更大、更明显。除了光度，在显示屏中，每个设定的改变都能立即看到效果，即使最难想像的白平衡效果，都能一按便显示。

▶虽然只有D700拥有实时水平仪，但全部三机的Live View都能选择开启格线辅助构图。

▶Live View运作时，WB白平衡和Picture Control相片调控功能都能立即呈现出变化效果。

手动镜头对焦一击必中

虽然三部机皇的AF系统十分强劲，但很多Nikon用户都十分喜爱使用AIS Nikkor镜头和Carl Zeiss ZF手动镜头，亦会面对难以准确合焦的困难。在Live View的大倍率兼实时的放大显示下，任何镜头的对焦都没有难度，只是你要给予多一点的时间。

▶在D700上使用Carl Zeiss Planar T* 50mm f/1.4 ZF，在观景窗中看到左下角的合焦指示器亮了，感觉上观景窗效果亦是合焦。但实际上是走焦了少许，在f/2光圈下，在电脑屏幕翻看就很明显。

▶转用三脚架模式Live View拍摄，在连按多次放大浏览键后，把影像以13X放大，很接近电脑的"100%放大"。对焦情况就会立即呈现。

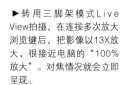

自拍计时器和反光镜升起锁定功能

对于经常拍摄桌面静物摄影的摄影师来说，细小光圈引致的长时间曝光经常遇到，为了达到最大的防震效果，除了使用三脚架外，还要配合机身的数个功能，它们是自拍延迟计时器、手动升起反光镜锁定或反光镜自动预升锁定功能。

自拍延迟计时器
2秒至20秒自拍倒数计时

自拍延迟计时器大家都懂，就不用多说，但倒数需要设定多久的时间，其实没有一定的准则。大合影的拍摄，10秒好像是很多人心中的预设。在拍摄静物摄影时，若没有快门线，很多人都惧怕按下快门键时，会使相机产生震动，令影像模糊。零成本的解决方法就是使用自拍倒数计时。有人觉得2秒已足够，有人觉得5秒会更好。这可能与所使用的三脚架设计和拍法有关。但在D-SLR上，即使2秒都不一定足够，但只要在重播时大倍率放大，经鉴定和判断后，就能做出即时修改。改以5秒，甚至10秒倒数便好。

▲若想改变计时器时间长度，只要打开用户设定目录中的c3:自拍时间延迟，在2秒至20秒之间选择。

曝光延迟模式

有时候，即使使用了三脚架和自拍器，影像仍有模糊现象。你可能会问，都已等了5至10秒了，相机为什么还会出现震动？震动来源不在外边，而是由内部发生。我说的就是每次快门开启时，都必须进行的反光镜升降动作。幅度可能十分细小，亦只会维持极短时间，但假若快门速度不快又不慢，在十分尴尬的1/4秒至1秒之间，反光镜所引致的震荡动作，便会十分明显。为了减去这最后的震动来源，我们亦可以再给予机身约1秒的缓冲时间，好让反光镜升起的震荡自行停止。这个反光镜预先升起及锁定，快门帘幕等一下才开启的做法，被很多人称为反光镜预锁。在三部机皇中，被收纳在用户设定的曝光延迟模式（D3的功能编码为d8；D700和D300的为d9）。

▲预设情况下，使用正常拍摄模式，当反光镜升起，快门帘幕便会跟随打开，让感光元件受光。

▲进入目录中用户设定的自拍时间延迟，选择开启此功能后，就能在快门开启前1秒预先升起反光镜，让大部分震动自然消减。

▲因为Live View启动方法与自拍功能处于相同的转盘上，所以不能同时使用。为了降低装在三脚架上慢快门的Live View拍摄的震动，建议开启自拍时间延迟。

反光镜升起锁定功能

与反光镜预锁的曝光延迟模式十分相似，但不同的是Mup升起反光镜模式（Mirror Up）可以任意控制反光镜何时升起，快门何时打开的模式。虽然可以直接使用快门键，一按升起反光镜，再开启快门，完成拍摄。但每次的按快门动作，都会造成若干的震荡。Mup升起反光镜模式的设计理念，就是为了最大幅度地降低手震的幅度，所以应该同时使用快门遥控线。

▲若要观察快门帘幕的情况，可以使用Mup升起反光镜模式，就能轻易升起反光镜。若反光镜升起了太长时间，仍未第二次按下快门键，反光镜便会自动下降，还原。

▲使用快门遥控线MC-36或同类型产品，才是真正发挥Mup升起反光镜模式最大减轻震动幅度的方法。

高智能测光系统

绝大部分SLR都是使用18%灰度反射式测光方法，不仅历史悠久，而且历久不衰。简单来说，这方法就是拍摄标准的18%灰度的东西时，测光不偏不倚，准确无误。但当颜色有了变化，画面由不同颜色物件所组成，测光系统有时会被误导，出现非正确（Correct）但正常（Normal）的曝光效果，用户需要做出手动曝光补偿修正。

1005像素RGB感应器

在三部机皇的机顶五棱镜上，各有一组1005像素RGB感应器，比较之下，D90和D60只有420像素RGB感应器，不论范围和准确度都不及我们的三部机皇。当配合3D彩色矩阵测光II模式，不但能对色彩作出辨认和自动修正曝光补偿，且能在短时间内快速评估影像的亮度、色彩、对比、对焦范围内及相机与主体之间的距离等资料，准确处理暗位或高光位置的曝光。在实际拍摄时，经常遇到多种色彩混合存在的环境，亦有准确的测光效果。由D3带领的这代机皇，在对焦模式中首创的场景辨识系统，1005像素RGB感应器负起了重要的辨识任务。

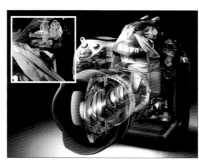
▲位于机顶五棱镜后的测光感应器。

▲在机皇之上使用的是顶级的1005像素RGB感应器。

测光模式

如果1005像素RGB感应器是测光系统的眼，EXPEED影像处理器就是脑。经过1005像素RGB感应器，光度数据会由处理器快速运算，得出最佳的拍摄数值。但每一个拍摄情景都存在很大的变化差异，作为摄影师，尤其是我们这班机皇用户，可放心交给三部机体自动操作。但之前我们要给机体一个清晰的指示，哪一个、哪个范围内的是我们的目标。为此，三部机皇全都拥有三个效果和用法不同的测光模式——3D 彩色矩阵测光系统 II、中央重点测光和点测光。

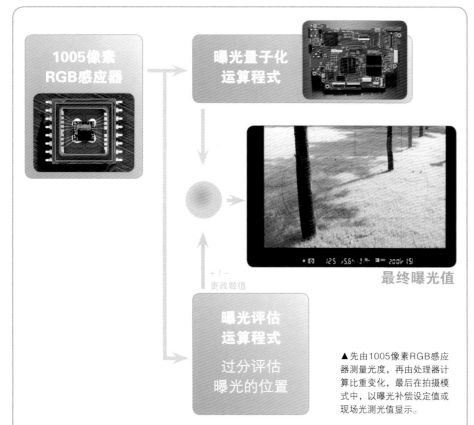

1005像素RGB感应器

曝光量子化运算程式

最终曝光值

+ / −
更改数值

曝光评估运算程式
过分评估曝光的位置

▲先由1005像素RGB感应器测量光度，再由处理器计算比重变化，最后在拍摄模式中，以曝光补偿设定值或现场光测光值显示。

D3

D700

D300

▲虽然三部机皇的测光模式转盘位置各有不同，但都有着相同的三种模式可选。

懂得识别颜色的3D彩色矩阵测光II模式

彩色矩阵测光是Nikon SLR沿用多时的科技，当中使用了复杂的比例运算方法，把不同颜色、不同光度、不同面积的画面构成可能，都中庸化、平均化和稳定化。简单来说，就是把影像画面以混合方法计算一个中庸的曝光数值。每一代机身使用的计算参数都有所不同。但相同的是拥有对颜色的辨认和曝光的调校。在镜头加入CPU电子晶片后，出现俗称的"D镜"、"PC镜"和"G镜"，在自动对焦的同时，还为机身提供了详尽的拍摄距离资料。在2D影像平面上加上距离参数，变成三维3D的数据，测光的准确度当然更上一层楼。但必须配合CPU镜头，旧式的AIS镜头和Carl Zeiss ZF镜头就不能享有这优势。这时，系统亦会自动转换为彩色矩阵测光模式。

▲对于像风景般拥有多种颜色与光度主体的相片，十分适合使用3D彩色矩阵测光II模式拍摄。

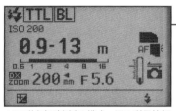

▲3D彩色矩阵测光II模式，深入利用拍摄距离资料，在机顶自动闪光灯使用过程中，摄距对闪光灯的输出控制十分重要。

支持3D彩色矩阵测光II的镜头

◀ "D镜"代表，AF Nikkor 80-400mm F4.5-5.6D ED VR

◀手动光圈环是"D镜"的重要特征之一，亦是用于胶片手动机的必要元素。

◀ "G镜"代表，AF-S Nikkor 70-200mm f2.8G ED VR

◀减去了光圈环，"G镜"完全依靠电子接点和电子光圈叶片控制光圈大小，安装在手动机上使用，每张相片都会是最小的光圈。

◀ "PC镜"代表，移轴镜PC-E NIKKOR 24mm f3.5D ED

◀ D-SLR市场不断膨胀，连带镜头都趋向数码化。新镜头型号差不多只有"G镜"，而没有"D镜"，拥有光圈环（红框）的新镜头只剩"PC镜"系列。

内置CPU镜头与非CPU镜头测光效果比较

测试设定：
. Nikon D700机身，设定使用ISO 200、3D彩色矩阵测光II模式和±0EV曝光补偿
. AF Nikkor 50mm f/1.8D及Carl Zeiss Planar T* 50mm f/1.4 ZF镜头，设定使用f/8光圈
. Nikon AF Speedlight SB-900闪光灯，设定使用i-TTL闪光灯模式和±0EV闪光灯曝光补偿
. Gitzo GT1531三脚架与云台及2秒自拍加上曝光延迟模式

AF Nikkor 50mm f/1.8D

Carl Zeiss Planar T* 50mm f/1.4 ZF

现场光效果

闪光灯效果

偏重中央测光模式

偏重中央测光，就是以画面的正中间作为测光的重心和核心。相对3D彩色矩阵测光II，虽然少了那种自动均衡和中庸特性，但只要主体位于中央，我们就不用顾虑太多背景、前景或身边的景物。最大的发展空间，应该就是自动闪光灯的输出测量和计算。当闪光投射到主体，其他的则透射到背景，因为距离问题，主体的受光量必定比背景高。所以集中测量主体，能减少误差。每个人拍摄习惯亦有不同，构图上会有主体大小差别之分。作为操控之王系列的三部机，简单的偏重中央测光亦有多个设定可选。在D3和D700的FX格式上，提供了"8mm、12mm、15mm、20mm和平均"可供选择，这代表了"偏重"的范围，对于单人全身拍摄，可能8mm会较为精准；对于大半身的构图，可能需要15mm才能覆盖；背景和主体相距不远的，就像在婚宴上站在主礼台的合照，主体是横排列阵的众人，可能Avg平均分布会更加合适。

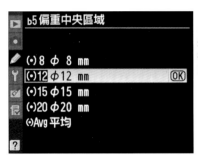

◀ 在用户设定目录中的b5:偏重中央区域，有多个测光范围可选。FX格式的D3和D700与DX格式的D300，虽然选项中的范围直径不同，但效果相似。

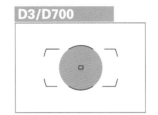

▲预设下，D3和D700的偏重中央测光范围为12mm，约图中红色圆形范围。

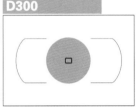

▲预设下，D300的偏重中央测光范围为8mm，约图中红色圆形范围。并排比较之下，DX格式上的测光范围比例与FX的相当，事实是DX的面积比较细小，所以更加精准，但因DX的片幅细小很多，在观景时觉得"比例"相似。

◀单人构图的自动闪光灯拍摄照片，颇适合使用预设范围测光。

◀当多人合照而且背景不远时，使用大范围甚至全画面平均分布测光，便能照顾每一位被摄者。

离开中央的被摄体　FV闪光锁定

虽然单一主体置中会有稳定画面的效果，但经常使用又会过于呆板。在闪光灯作为主导的拍摄里，若想把主体移至"黄金分割位"上，又想得到完善的自动闪光效果，可以把三机的Fn键或预览键设定为FV闪光锁定功能的启动键。FV闪光锁定就是使用兼容i-TTL的Nikon SB系列闪光灯，在正常拍摄前，先发出预览用闪光，相机计算适合输出量后，在全按快门正式拍摄时，以手动预闪所得结果正式输出，只要FV闪光锁定功能一直维持，不论如何改变构图或光圈快门设定，闪光灯都会保持以预闪所得的数值运作。

▲进入用户设定目录的指示FUNC.键功能，选用FV锁定。

▲主体置中。

▲按下机前的Fn键，引发一次微弱的预闪。

▲在FV锁定功能仍未消失、未解除的时候，可以改变构图、对焦或更改光圈和快门。

▲最后全按快门拍照便可。

Nikon

超精准点测光模式

由摄影大师安塞尔·亚当斯所提倡的Zone System（区域曝光理论），深奥经典，可说是拍摄高质素影像技巧的代名词。运作细节难以一时三刻解说得清，但测光技巧绝对是重要的一环。为了完全掌握影像每一个角落和细处的明暗效果，点测光是必须的。相比起偏重中央测光，点测光模式在使用内置CPU镜头时，可以把测光连动对焦点，不用像偏重中央测光模式般，必须把主体置中。而且点测光的范围十分细小，只有画面的1.5%-2%。除了Zone System外，若我们正在拍摄人像，运用点测光，再加上曝光锁定或M手动曝光模式，就能针对人物的面部肌肤，做出核心位置的测光，加上我们对人物肤色的曝光补偿设定，就能轻易做到准确而理想的曝光效果。

D3/D700

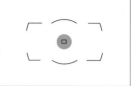

▲ D3和D700的点测光约为4mm直径范围，占画面面积的1.5%。

D300

▲ D300的点测光约为3mm直径范围，占画面面积的2%。

▲ 当点测光模式配合长焦距镜头一起使用，便会变成一枚超精准的TTL反射式测光表了。

▲ 使用闪光灯时，因为主体受光比背景多，使用点测光效果比较精准。

▲ 使用点测光，尤其是夜间闪光灯拍摄，用户要小心眼睛观看角度不能偏差，否则有可能出现"走火"，测量背景变了，引致严重的曝光过度。

用反射式模拟入射式测光

入射式测光的精髓是以第三方的媒介来测量投射在被摄物上的光度，只要锁定入射的光度，就能"正确"拍摄彩色物的光度。其实反射式测光系统，如相机内的TTL测光系统，向着18%灰卡锁定曝光值，效果如同入射式的。就算没有18%灰卡，可以改用我们的手掌。因为大部分人的手掌，都需要+2/3EV至+1EV的曝光补偿。

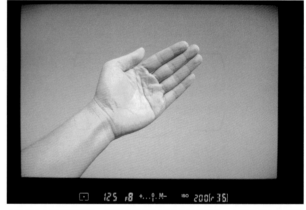

▲ 使用广角镜拍摄风景，利用点测光和M手动曝光模式，向着我们斜向朝天的手掌测光，再加以约+2/3EV的曝光补偿，就能知道准确的现场光曝光值。

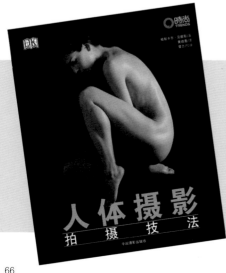

突破极限的ISO 25600感光度范围

感光度的选择弹性，可说是D-SLR的最大优胜之处。眨眼之间，用户已可针对眼前情况，改变机身的感光度。今天，数码化的高感光度拍摄效果，比传统胶片的更高质。种种原因，都让D-SLR成为现今摄影的主流机型。

前无古人的ISO 25600

对于胶片，ISO 1600算是罕有了，但对数年前的D-SLR来说已是基本规格。至于我们的机皇，突破性地提供ISO 100至ISO 25600（D3和D700）或ISO 100至ISO 6400（D300）的选择。选择有了，亦多了，但是否代表我们可以放心使用呢？这问题要视个人要求而定，本人相当接受D3和D700的ISO 6400。比较ISO 800或更高的高感光度影像，D-SLR的杂讯和颗粒，都比胶片银盐的微粒有更幼细的效果。D300的，可能只在特殊情况下，本人才会把它升上ISO 3200使用。在细致的比较之下，需要扩展才有的感光度，比正常范围内的感光度，有较差的宽容度和细致效果。针对ISO 100是扩展后的Lo 1，在机皇上并非一般情况下的"越低越好"。

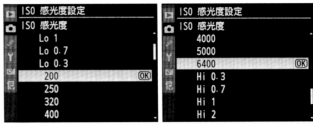

▲在拍摄选单中的ISO 感光度设定，我们可以看到某些感光度以"Lo"及"Hi"加上数值代表，它们就是在正常范围外，以扩展方式提供的感光度可能。

▲使用ACDSee软件的Over Exposure Warming检视（镜头前端位置出现的红色色块代表"曝光"的层次丧失），由D700所拍下的影像，发现由"被扩展出来"的ISO 100所产生的影像，光位比ISO 200更容易"曝光"，有狭窄一点的动态范围（即宽容度）。同样为正常范围内的感光度设定，ISO 200和ISO 1600的光位宽容度类同。

如欲比较D3、D700及D300的不同感光度的杂讯效果，请翻阅P.36之内容。

自动ISO应用技法

感光度的选择范围宽阔，当然有利不同拍摄环境。但何时升高，何时降低？在拍摄过程中，有太多的杂念和顾虑，对画面的构成和思考有着一定的阻碍，所以自动相机才越来越受欢迎。粗略来说，有人会以有三脚架辅助的时候，才用上最低的感光度，获取最高质效果；要快的、手持的拍摄，便保持ISO 800或ISO 1600，总之令自己手不震；遇上危险的快门速度，不能再慢时，便设为ISO 6400，甚至ISO 25600。我觉得这心态是可行的。但若相机懂得自己思考，再自动调节感光度，让我们不用想这么多，不是更好吗？为此，自动ISO功能诞生。作为以绝强操控为卖点的三部Nikon机皇，与自动ISO并列的，还有最高的感光度提升可能和最低快门的设定，在正式拍摄时，我们要思考的变得只有景深（光圈）和影像内容。我觉得这功能十分方便好用，你呢？

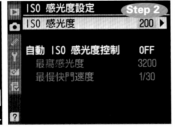 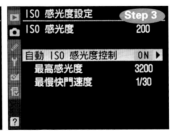

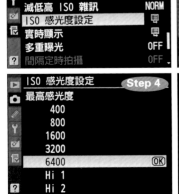 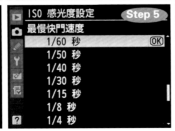 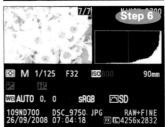

Step 1 打开目录的拍摄选单，进入ISO 感光度设定。

Step 2 设定最低感光度数值，可以放心在此项选取最低的。

Step 3 启动自动ISO功能。

Step 4 自选最高感光度，每个人对画质要求的"底线"各有不同，但不需扩展的感光度效果和宽容度比较好。

Step 5 最后选择最慢快门速度，大部分人都会以自己的安全快门速度作为此设定的数值，可能是1/60秒，可能是1/125秒。

Step 6 若感光度被自动ISO功能提升了，所拍出来的影像在重播画面时，ISO一栏会改以红字显示。

全模式的自动ISO应用技法

什么是全模式运作？就是指自动ISO，不只在P、A和S三个曝光模式中运作，还可在M全手动曝光模式中运作。

P、A、S和自动ISO

先说P、A和S模式，即俗称的程式自动、光圈和快门先决模式，我们锁定某一拍摄元素，相机再自动替我们协调设定，保持预计的曝光效果。但当我们锁定的设定与曝光值有冲突时，自动ISO就会启动，以曝光三元素中最备受人忽视的感光度来调节。例如，当我们使用S模式锁定1/1000秒快门，在ISO 200时，即使是f/1.4亦不足够正常曝光，感光度便会自动提升至更高，可能是ISO 800。在A模式时应用相似，但我们多了一个快门的"下调极限"，在手持拍摄时十分有用，设定了最慢快门速度后，自动ISO便会替我们同时保持曝光值和不手震的快门。

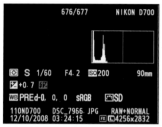

▲在S快门优先自动模式中，在光度不足的环境下，若选用了1/60秒快门、ISO 200，即使最大光圈的f/4.2，亦不足够平衡正常曝光。若未开启自动ISO，影像便会变黑变暗。

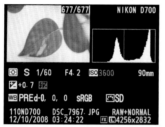

▲开启自动ISO，感光度自动调节，变回正常曝光效果。

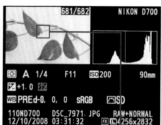

▲在A光圈优先自动模式中，若选用了f/11光圈、ISO 200，在光度不足的环境下手持长镜头拍摄，快门只有1/4秒，不容易拍得清晰的影像。

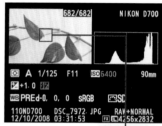

▲开启自动ISO及设定最慢快门后，感光度自动调节及保持在1/125秒，影像的模糊问题大减。

M手动模式和自动ISO

有人会问，M手动曝光模式的最大功效，不是用来自定曝光效果吗？改变构图的同时，测光读数亦会出现变化。M手动曝光模式就是用来忽视一切变数保持曝光稳定的。但如果自动ISO功能在M手动模式中依然运作，岂不是连M手动模式，都会出现忽明忽暗的相片。负面来看，是的。如使用影楼闪光灯拍摄，自动ISO会是一个问题。

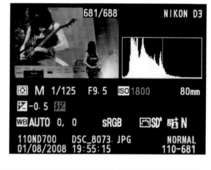

◀在演唱会拍摄中，以M手动曝光锁定感光度、光圈和快门，但当现场测光与手动曝光补偿不同时，机身的自动ISO会立即提升感光度。

影楼闪光灯和自动ISO

大部分人会以M手动模式，锁定光圈配合闪光输出，再以1/125秒快门来忽视模拟灯的测光误导。但当Nikon的D-SLR以PC接头接线或无线同步方法连接闪光灯时，不自觉已启动了自动ISO功能，感光度会跟随现场光自动变化，也就是令模拟灯的光度由"–3EV"变成"±0EV"。可能突然由ISO 200跳升至ISO 6400，闪光效果当然大受影响，由正常变成极度曝光过度。

影楼闪光灯

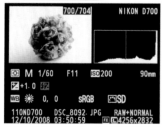

▲关闭自动ISO功能，使用M手动曝光模式，锁定1/60秒、f/11及ISO 200，以PC接头接线连接闪光灯。曝光正常。

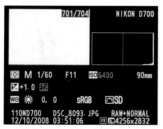

▲启动自动ISO功能，使用M手动曝光模式，锁定1/60秒、f/11及ISO 200，以PC接头接线连接闪光灯。因感光度跟据微弱的现场光而自动调节至ISO 6400，连带闪光灯曝光过度。

SB-900

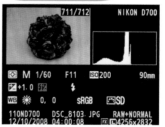

▲当改用了机顶自动闪光灯的M手动输出控制，示范为SB-900，在关闭自动ISO功能的情况下，即使闪光灯的1/1光效不足正常曝光，感光度亦不会自动改变。

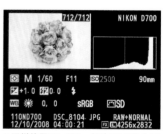

▲同样使用SB-900，但改为i-TTL自动输出控制，在启动自动ISO功能的情况下，若闪光灯的最大光效出现不足，感光度会根据预闪时所测量的闪光光量，自动提升感光度配合。

自动ISO下的景深、动态及大包围拍法设定示范

虽然自动ISO在影楼闪光灯拍摄时出现一些负面效果,但从正面角度来看,改变用法,当M手动曝光模式、曝光补偿设定和自动ISO功能一起运用时,就能以最快速的过程,拍得不同的景深(光圈)、动态效果(快门)的相片,但每一张相片依然是同一个曝光效果。又或者以相反理念,保持相同的光圈和快门,但取得大包围的不同曝光效果相片。

大包围景深效果

相机设定为M手动曝光模式,先锁定1/60秒及0EV曝光补偿,再以不同的光圈值——f/2.8至f/22拍摄。因为启动了自动ISO功能,所以相机自动改变感光度,令大包围景深的相片,拥有相同的曝光效果。

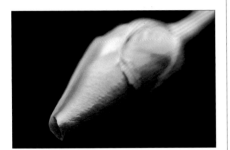
▲f/2.8、基本ISO 200

▲f/5.6、自动ISO 800

▲f/11、自动ISO 3200

▲f/22、自动ISO 12800

大包围动态效果

相机设定为M手动曝光模式,先锁定f/11光圈及0EV曝光补偿,再以不同的快门值拍摄——1/15秒至1/500秒拍摄。因为启动了自动ISO功能,所以相机自动改变感光度,令大包围动态效果的相片,拥有相同的曝光效果。

▲1/15s、基本ISO 200

▲1/60s、自动ISO 800

▲1/125s、自动ISO 3200

▲1/500s、自动ISO 12800

大包围曝光效果

相机设定为M手动曝光模式,先锁定1/125秒和f/4光圈,再以不同的曝光补偿值——–1EV至+2EV拍摄。因为启动了自动ISO功能,所以相机自动改变感光度,令大包围曝光的相片,拥有相同的光圈(景深)及快门(动态)效果。

▲–1EV、基本ISO 200

▲±0EV、自动ISO 800

▲+1EV、自动ISO 3200

▲+2EV、自动ISO 12800

白平衡

白平衡（White Balance，简称WB）可说是数码摄影另一必"玩"元素。从前每个胶卷只有一个色温偏向。在机皇里，不只有9个预置模式，还可以手动设定色温K数和偏移微调，其能动性可以说是无限之大。

1005像素RGB感应器与自动白平衡

为了达到最准确的白平衡效果，大部分品牌都会主要以处理器及系统软件分析输入的影像信号，加以修正，再输出为档案。我们的机皇所拥有的1005像素RGB感应器，就正好是一个强而有力的"认色"工具。胶片相机的年代，Nikon的RGB感应系统，主要运用在测光功能上。但在数码相机上，它的"认色"能力得到更大的发挥空间，直接影响我们每一张相片的效果。

▲此1005像素RGB感应器，除了能自动补偿i-TTL的测光值外，在白平衡表现上，亦身负重要的辨认工作。

▲左边的D2Xs和其他D2系列的机身，在机顶上，设有一枚外部的现场光白平衡感应器；右边的D3已不见再有这感应器。相信白平衡的测量已改以内部的1005像素RGB感应器全力负责。

闪光灯与现场光混合自动白平衡测试比拼

使用闪光灯的活动现场拍摄，要做出准确的白平衡效果并不容易。因为现场光若是偏色的，相机不能单纯以背景色调来矫正，还要计算现场光与闪光灯的曝光比例混合效果。例如，婚宴拍摄中，场地采用暖黄色调的钨丝灯，加上标准的闪光拍摄，快门慢一点，人物和背景的黄色感觉便多一点；若快门快一点，人物和背景都会较暗，闪光灯便需要输出更多来平衡光度，最后就会是整体都亮了。所以在何时使用高色温，何时使用低色温，便很重要。Nikon的SB自动闪光灯系列，经过多次科技革新后，建立起i-TTL系统，除了在输出控制有摄距资料辅助外，与最新的闪光灯配合下，例如SB-900，还有白平衡的资料互通。理论上，使用最新的Nikon i-TTL闪光灯会比使用没有资讯交流的副厂闪光灯有更准确的白平衡表现。

闪光灯种类与AWB效果测试

测试解说：
· 使用Nikon D700机身 \ AF-S Nikkor 24-70mm f/2.8G \ Nikon AF Speedlight SB-900自动闪光灯 \ Elinchrom styles 400FX全手动闪光灯
· 使用S快门优先自动模式、f/11、1/5秒、ISO 200、0EV外接闪光灯曝光补偿
· 关闭Elinchrom闪光灯的摸拟灯，开启天花板钨丝灯的最大光度

日光WB下的现场光

▲没有加入闪光灯，单纯拍下日光白平衡下的现场环境光，明显是偏向暖黄色调。

AWB下的现场光

▲没有加入闪光灯，单纯拍下AWB自动白平衡下的现场环境光，虽然都是明显的偏向黄色调，但比较日光白平衡模式，AWB下的偏黄较轻微。

AWB下的SB-900+现场光

▲使用原厂自动闪光灯SB-900，在现场光与闪光灯皆为0EV曝光补偿下，影像白平衡比较中庸，虽然背景还留有一点点暖黄色调，但主体花朵效果不太黄。

AWB下的影楼闪光灯+现场光

▲使用Elinchrom全手动闪光灯，在现场光与闪光灯皆为0EV曝光补偿下，影像的白平衡比较偏向冷色调，背景的黄色调差不多完全被消去，中间主体花朵比使用SB-900的较为偏向蓝色调多一点点。估计是因为非自动闪光灯，机身没有已连接的闪光灯的资讯，令AWB的运作不够完善。

手动白平衡色温设定

除了AWB，很多人都会选择手动调校白平衡，方法大致有两种，一是直接输入色温数值，单位为K。另一个方法是以某一界面为标准，把它"校正"就是。色温数值的定义，是以被加热的黑铁，在不同温度时所释放出来的颜色设定的。直接输入色温K数的白平衡校正方法，最常应用于户外拍摄，因为日出、中午和黄昏时的日光都有不同色温，夏天的中午时分便最接近标准的5200K。在机皇的色温设定中，以校正色温偏向的效果而定，即原是3000K的暖黄光源，我们设定模式的K数同为3000K后，便会变回标准的白光；相同地，原是7000K的冷蓝光源，我们设定模式的K数为7000K后，便会变回标准的白光。但一些人造现场光的拍摄环境，便不能单靠色温输入来校正。除了因为机皇的K数选择范围，只由2500K至10000K外，还因为红和绿的偏色不在K数的设定范围内。

90° 光　中午白光 ~5200K

45° 光　　　　45° 光

15° 光　　　　15° 光

日出出东方偏冷 ~7000K　　日落西方偏暖 ~3200K

▲不同日照时间的色温都有不同。

▲（1）持续按下WB键不放，（2）使用后转盘选用K数输入的白平衡模式，（3）再通过前转盘，改变使用中的色温K数值。

手动预设白平衡示范与秘技

手动预设白平衡的用法，最简单就是向着一片18%灰色的卡做色温的标准设定。有人会问，不用灰卡改以白卡可不可行？不一定不行，但白色的反光率较高，若以入射式测光的数据，如手持式测光表，很容易遇上曝光效果令白卡出现曝光，白平衡的手预设便会失败，随即显示为"no Good"；相对地，灰卡比较少有这个问题，任何环境和测光方法都十分适合，很容易便显示"Good"。使用白卡的，可能要留意是否正用着TTL测光，或在手持式测光表的读数上手动赋予−1EV至−2EV的补偿。

Step 1

▲使用同样方法设为PRE WB手动预设白平衡模式，放开WB键，然后再次按下等待约1秒时间，机顶屏幕便会显示为白平衡输入"PRE SET"状态。

Step 2

▲使用合适的曝光设定，向目标灰卡或白卡，全按快门进行一次模拟拍摄。若处于多个光源下，建议灰卡以相机的拍摄平面为架设方向。

Step 3

▲若曝光设定和摄影方法正确，机身会显示"Good"，代表白平衡资料已输入系统资料库内，取代了旧有的设置。

Step 4

▲若曝光设定错误，如过度曝光，白平衡资料便不会被更新，机身屏幕会显示"no Good"，需要再次进行手动预设程序。

5频道资料储存库与自选相片白平衡

作为最多专业人士选择的机皇，三部机身均拥有5条频道，让用户能预先输入最多5个不同地方的色温资料。例如，教堂中的婚礼拍摄，预备室的日光灯与进行仪式的圣坛的蜡烛灯光，还有户外大合照的日光，三者色温完全不同。预先输入，就能随时改变白平衡的预设资料。若5个频道都用完了，仍不足够，亦可以使用一张独立记忆卡，把更多的灰卡相片拍入卡内，有用时才读入机内。若配合D3的双卡插槽，这方法更简单方便。

Step 1

▲除了使用机身的WB键设定白平衡模式外，亦可以从拍摄选单目录进入白平衡模式的设定，选择PRE手动预设。

Step 2

▲在PRE手动预设里会显示d-0至d-4，5个频道已输入的白平衡预设状况，可以看到未校色的白平衡效果（即日光模式的现场光效果）。

Step 3

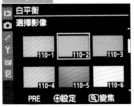

▲选择了频道后，除了选择设定立即使用外，还可以从记忆卡中选择合适的灰卡或白卡影像，作为白平衡资料来源。

Step 4

▲若是D3的用户，在选择白平衡相片位置时，还可以选择读取插槽1或插槽2的卡。这方便了用户把预先拍下的灰卡或白卡相片独立储存在备分卡内。

预设白平衡模式

　　每一部数码相机，不论大小，都会拥有多个预设的白平衡模式，用户可以针对拍摄环境作出手动的模式选定。连同手动预设白平衡和手动色温K数输入，三部机皇总共拥有9个模式，分别是AWB自动白平衡、白炽灯（钨丝灯泡）、荧光灯（日光灯）、直射阳光、闪光灯、阴天、阴影、色温K数输入和手动预设。某些模式中，还有微调选择，如荧光灯模式中还有七种预设偏向可选。

AUTO 🔆 ▭ 🔅 ⚡ ☁ 🏠 K PRE

▲由左至右，分别是自动白平衡AWB，白炽灯（钨丝灯泡）、荧光灯（日光灯）、直射阳光、闪光灯、阴天、阴影、色温K数输入和手动预设。

白平衡微调修定

　　很多情况下，即使我们设定了合适的预设白平衡模式或手动输入色温K数，但仍然有少许程度的偏色现象。除了透过灰卡或白卡外，我们还可以使用白平衡微调功能。使用方法有两个，一是运用机身的副转盘，在按下WB键不放手的情况下，转动副转盘，令模式之上还会出现微调参数，例如b1代表增加了一点蓝色，a3代表增加了程度多一点的暖黄色。第二个方法，只需进入目录的白平衡设定内，便有着一个偏向坐标图显示。在这坐标图里，除了代表蓝色的B和暖黄色的A外，还有代表绿色的G和洋红色的M（带点紫的红色）。若熟悉光学三原色和三原补色原理的用户，应该很容易便知每一种偏向移动的效果。

▲按下WB不放手的情况下（1）转动主转盘，便可改变WB模式；（2）转动副转盘，便可作出白平衡的微调修改，但只有蓝色b和暖黄色a两个选择。

▲通过目录，选择白平衡WB模式时，若按下右键，就能进入每个WB模式的微调界面。

▼色彩偏向A-B：0，G-M：G6

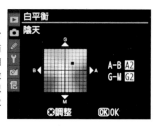
▶WB微调的坐标图非常易懂，四个方向，以两组对色，黄蓝和红绿相对而立，加上格子的微调程度显示，只要熟识光学配色的人，很快就能设定合适的效果。

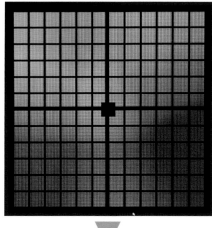

白平衡微调修改效果

G

▲色彩偏向A-B：B6，G-M：G6

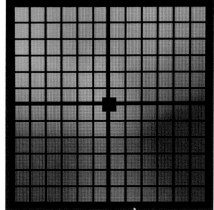
▲色彩偏向A-B：A6，G-M：G6

B

A

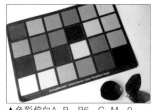
▲色彩偏向A-B：B6，G-M：0

▲色彩偏向A-B：A6，G-M：0

M

▲色彩偏向A-B：B6，G-M：M6

▲色彩偏向A-B：A6，G-M：M6

▲色彩偏向A-B：0，G-M：M6

档案格式、品质和尺寸的关系

"应该使用RAW档，还是.JPEG？"类似问题在摄影人的讨论区中，经常出现。不论是高阶级或入门级的D-SLR，都提供了这两种档案格式。浏览过很多人的言论后，仍未见有一个共识。就我们的机皇，我们应该先深入了解各格式的特性和效果，再于"实战"时精明选择。

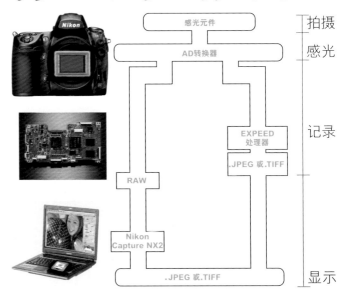

.NEF、.TIFF、.JPEG

RAW档的名字，很多人都知道，但经常被误会是种格式名称，但非也非也。"RAW"应该有着一个"档"字跟随。"RAW"是一种档案种类的统称，就好像.JPEG是一种影像档案的副档名，机皇上的.NEF就是RAW档的一个例子，是只限目前的Nikon数码相机才有。简单来说，.NEF就是感光元件的资料收集档，并不是影像，而是个"潜影"，也就是感光元件的感应范围内的资料。所以当修改.NEF时，可以应用相机的宽容度极限。.JPEG和.TIFF的可能是−5EV至+3EV的曝光，.NEF的可以是更大更宽的。

因为.NEF未经过影像处理，并非一个影像档，并非每一部电脑都能开启，需要最新版本的软件协助，例如Nikon Capture NX2或Adobe Photoshop CS3加上更新插件。RAW档中的白平衡、照片调控和杂讯抑制设定，全都未"添加"上去，用户通过软件就能在后期逐项设定。另一方面，每部电脑凭很多软件都可以开启.JPEG和.TIFF。在Photoshop中，它们其实都是一大堆"R,G,B数值"资料。当中的分别是，.TIFF的每一点都是实在记录，.JPEG则以特别的方法记录一个个群组的资料。但无论如何排列记录，"R,G,B"数值只有"0,0,0"（即黑色）至"255,255,255"（即白色），不能超过。

质素和像素

.JPEG与.TIFF一样，都是一些被处理器"加工"过的"R,G,B"数值，可以凭软件取样方法，令像素缩减，本是1200万像素的感光元件，除了标准的1200万像素（L）影像外，亦能产生670万像素（M）或300万像素（S）的影像。机皇的.TIFF是没有压缩和损耗的，是每个频道8-bit的.TIFF档案格式，由机身直接产生的1200万像素（L）.TIFF，不论景物是什么都保持着约35.9MB大小。另一方面，.JPEG即使同为1200万像素（L），但会因选用不同程度的质素（压缩度），令档案体积各有不同，我们会把压缩程度以FINE（1/4）、NORMAL（1/8）和BASIC（1/16）来分类，以FINE为最高质素和最大档案体积；BASIC为最低质素和最小档案体积。

.NEF、.TIFF与FINE、NORMAL、BASIC的.JPEG 100%放大观看效果比较

拍摄设定：
◆Nikon D700 ◆AF-S Nikkor Micro 105mm f/2.8G VR◆ISO 200 ◆f/22 ◆1/125s◆Picture Control：SD标准（预设参数设定）

▲测试原图放大。

◄.NEF格式（14bit，无压缩），档案体积24.5MB，使用Nikon Capture NX 2预设效果转换为.TIFF。

▲.TIFF格式，档案体积35.4MB。

▲.JPEG FINE格式，档案体积4MB。

▲.JPEG NORMAL格式，档案体积2.8MB。

▲.JPEG Basic格式，档案体积1.5MB。

打印尺寸与层次

　　不论由L变M或由FINE变NORMAL，都会令档案体积（MB）缩减一半。但很多人都会忽视像素（L、M、S）与质素（FINE、NORMAL、BASIC）的应用考虑因素。简单来说，像素是掌管影像的打印尺寸和解像度，例如要以300dpi打印，L的足够支持约15"x10"大小，M的只有约10"x7"大小；另一方面，在同一输出尺寸下，FINE会比NORMAL有多一点的细节清晰度。当我们选择降低一半输出面积的方法，即由L变M，在小面积打印上效果相当，但当输出为15"x10"时，只有L才能支持300dpi的；由FINE变NORMAL时，降低了细节度，可能会看到一些渐变层次的断裂。到最后，大家应该会有自己的一个想法吧？

▼若以优质的300dpi效果打印，L的1200万像素能够输出约15"x10"大小、M的670万像素能够输出约10"x7"大小、S的300万像素能够输出约7"x4"大小。

L，原档案3.86MB　　M，原档案2.37MB　　S，原档案1.34MB

▲模拟大幅面16" x 20"的打印后，再裁切放大，可看到FINE的细节度较高一点，其次是NORMAL，最后是BASIC。这个细节的差别，在小幅面的打印上，未必察觉，但在大幅面上便会是个绝对的区别。

L，原档案3.86MB　　M，原档案2.37MB　　S，原档案1.34MB

▲模拟小幅面4R相片的打印，再裁切放大。可看到相同的三个档案，在小幅面的打印上，未必察觉细节的差别，但在大幅面上便十分明显。

14-Bit的RAW档

　　众所周知，RAW档的巨大体积是因为集合了由感光元件得来的数据资料，并非.JPEG或.TIFF的"R,G,B"值。RAW档并非直接由感光元件传到记忆卡，中间还要经过类比/数码转换器，这个转换过程对产生高质影像起着重要作用。相比旧型号的12-Bit 类比/数码转换器，在色阶表现上只有4096级；三部机皇所用的14-Bit新类比/数码转换器，便提升4倍至16384级。色阶级数多了，就像屏幕的对比度级数高了般，令影像有更好的渐变色彩过渡能力，即机皇能把某些颜色重现，而旧型号机身唯有以"近似色"取代。

RAW档的压缩

　　有很多人都会对"无失真"一词有着极大的执著。对追求最高要求的用户，无疑会绝对地排除一切"压缩"，所以才会选用RAW档，而非.TIFF或JPEG。但与JPEG的情况相类似，机皇的RAW档拥有三种压缩度，分别是无损的压缩、压缩和未压缩的。若只看档案体积，最大的就是未压缩的，其次是无损的压缩和最小的压缩。体积差距约有50%，"瘦身"程度十分大。但在非"100%"或更大的放大比率下，因压缩而出现的失真情况不易察觉。难以凭单一相片分辨是否压缩了的RAW档。在旅游、抓拍和一些后期修改效果的情况，例如产品目录的小面积打印，其实可以安心使用压缩的RAW档作记录。

▲在拍摄目录的选项中，于NEF（RAW）记录内，有NEF（RAW）位元数目选择。

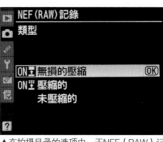

▲在拍摄目录的选项中，于NEF（RAW）记录内，除了有位元数目选择外，还可以选择RAW档的压缩。预设下是无损的压缩。

▲14-bit的.NEF档需要使用如Capture NX2的专业软件，在选择存取格式时，选择16-bit的.TIFF档，才能发挥其细致的色阶表现。

Picture Control
照片调控

前文已粗略提及了.JPEG和.NEF的区别，除了照片质素有高低，RAW档未经影像加工处理。这个"加工"是指什么呢？就是我们看到的影像效果，Nikon称它为照片调控系统。

照片调控的诞生

"照片调控"（Picture Control）一词，是在机皇上才得名的。在上代的D2Xs和D200中"影像最佳化"（Optimize Image）功能，就是相片调控的前身。"调控"带出了我们可以主导效果，"最佳化"才是这功能的精神——令影像效果更好、最好。虽然两代系统界面不同了，但核心大致相同，都是对.JPEG和.TIFF的锐化度、对比度和饱和度作出调校。有人会忠于"原味"，但亦有以"最后"的输出效果为大前题，就像生鱼片是新鲜鱼类的最佳食法，但亦有人喜欢味浓的烹调。

▲D200的影像最佳化设定界面，除了用户自定设定模式外，其他模式全部不设微调可能。

▲D3的照片调控设定界面。　　▲进入D3的照片调控内，有各种模式的属性微调。

影像参数变化效果比拼
锐化度

Nikon的相片调控参数，其实就是常见的锐化度、对比度、亮度、饱和度和色相。很多用户觉得锐化度是"犯规"的设定，令一些不太高质、不太锐利的镜头效果提升了，但已不是镜头的本质。但"预设"是否等于"标准"，"标准"是否等于"理想"？都只是我们心中的一把尺。经过长时间试用后，本人觉得提升锐化度有两大好处，第一个是在打印相片时，相片效果明显较好。即使没有前期的提升，亦建议在后期时加强"Unsharp Mask"。第二个是在使用即时重播、高倍率放大浏览时，可以把合焦与散景的清晰度差距增加，对于即时鉴定合焦情况大为有效。在提升的同时，要留意杂讯的出现情况，在高感光度下，提升锐化度，有机会大幅增加杂讯颗粒。

▲D700的标准模式的最低锐化度效果（0）。

▲D700的标准模式的预设锐化度效果（3）。

▲D700的标准模式的最高锐化度效果（9）。

▲测试原图放大。

对比度

对比度也就是我们经常说到的反差，可以简单以"黑白分明"来形容。调校对比度有一定危险，因为它牵涉到.JPEG的宽容度，越高的对比度，黑白越分明，有机会令本来仍有细节的暗部变成0,0,0的"死黑"，仍有纹理的亮部变成255,255,255的"曝光"。虽然有人会以相反逻辑，借调低对比度换取.JPEG高一点的宽容度。但灰灰的影像，在人的视觉知觉上，会有闷闷的、不吸引人的效果。某些摄影师会在前期使用低对比度拍摄，在后期时改变"曲线"，"拉"高"中值反差"，变回吸引人的效果，又不失明暗两端的层次。

▲D700的标准模式的最高对比度效果（+3）。

▲D700的标准模式的预设对比度效果（0）。

▲D700的标准模式的最低对比度效果（-3）。

亮度

亮度与曝光补偿效果有些相似，但对明与暗位置的效果不同。提升亮度，不会令全张相片一同变亮，只会令中值和暗位的明度加强一点，其他的不受影响。有效D-Lighting的做法，就是同时控制对比度和亮度，做自动调整。所以当启动了有效D-Lighting后，对比度和亮度会同时被"隐藏"，不能改变设定。

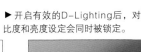

► 开启有效的D-Lighting后，对比度和亮度设定会同时被锁定。

▲D700的加强亮度的效果。

▲D700的减弱亮度的效果。

饱和度

又是另一个让传统摄影人士矛盾的设定选择，影像的色彩丰富度绝对与镜头有关，提升相片调控的饱和度，岂不是又把镜头表现做假？但过往的胶片种类，亦有高彩的正片（即幻灯片）和中性的负片，心态上其实一样。提升饱和度虽然令相片色彩丰富和艳丽，但亦会产生杂讯和偏色问题严重化的副作用。在一些混杂光源的拍摄环境，有时候主动降低饱和度，效果上好像减少了偏色，对拍摄外籍白种人士颇为适用。

▲D700的标准模式的最低饱和度效果（-3）。

▲D700的标准模式的预设饱和度效果（0）。

▲D700的标准模式的最高饱和度效果（+3）。

色相

与白平衡微调偏移有相似的用法，但效果很不同。当设定为正向数值，会使红色偏向橙调、绿色偏向蓝调及蓝色偏向紫调；负向数值时，会使红色偏向紫调、蓝色偏向绿调及绿色偏向黄调。

▲D700的标准模式的色相为-3的效果。

▲D700的标准模式的色相预设效果。

▲D700的标准模式的色相+3的效果。

照片调控模式

在照片调控的选项中，首先看到的是几个模式名称，全新机皇机体内只有"SD标准"、"NL中性"、"VI鲜艳"和"MC单色"。看名称已知它们的属性，若用户懂得修改前页的参数，大多都只会使用"SD标准"作为基础，然后再逐一调校。"MC单色"是黑白摄影和单调效果模式，里面还有主调色效的设定。

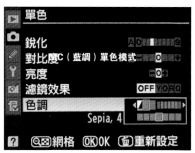

單色

銳化

對比度C（藍調）單色模式

亮度

濾鏡效果

色調

Sepia, 4

▲MC单色模式预设是黑白色的，除此之外，还可以做出九种不同颜色、不同深浅的单色影像。

照片调控模式下载

比较其他相机，三部机皇预设的效果模式不算多，但却提供了自设、转载与载入。在D3和D300推出的同时，厂方已立即在自家网站上提供三个额外效果模式以供下载，再载入机皇之内。三个模式分别是D2X Mode I、Mode II和Mode III，一看就知是给一直选用机皇的用户，选择保持旧有效果，不会有"不习惯"的问题。在D700推出时，厂方又推新的模式，就是PT Portrait（人像）和LS Landscape（风景），给三部机皇使用。单看名字，大家都已知用法啦。

SD标准模式

▲重设后的预设模式，效果最为自然，各样设定都恰到好处，非常适合抓拍和一般拍摄。

NL中性模式

▲较SD标准模式的对比和饱和度为低，面对闪光灯的高反差拍摄有辅助作用。

VI鲜艳模式

▲反差与饱和度最高的模式，适合拍摄风景或以色彩为主题的摄影。

MC（黑白）单色模式

▲预设是黑白的，反差比SD标准模式为高。

MC（黑白）单色橙色滤镜模式

▲MC单色模式设有的"色调"效果，就像黑白相片上加上化学药水，产生颜色"Tonar"的用法。

MI D2X Mode I模式

▲与SD标准模式相比，Mode I较为鲜艳，但反差接近。

MII D2X Model II模式

▲比较接近NL中性模式，但Mode II更加"淡色"且反差更低。

MIII D2X Mode III模式

▲比较接近VI鲜艳模式，但Mode III的色彩没有那么夸张。

LS Landscape（风景）

▲十分接近VI鲜艳模式，但LS风景模式的对比度感觉上高一点点。

PT Portrait（人像）

▲介于SD标准模式与NL中性模式之间的色彩和对比度效果，但锐化度明显比其他模式降低不少。

照片调控模式下载及安装教学网址：

D2X模拟模式下载网址：

http://nikonasia-tc.custhelp.com/cgi-bin/nikonasia_tc.cfg/php/enduser/std_adp.php?p_faqid=5711

风景模式下载网址：

http://nikonasia-tc.custhelp.com/cgi-bin/nikonasia_tc.cfg/php/enduser/std_adp.php?p_faqid=6032

人像模式下载网址：

http://nikonasia-tc.custhelp.com/cgi-bin/nikonasia_tc.cfg/php/enduser/std_adp.php?p_faqid=6038

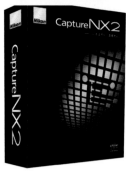

自定曲线效果步骤示范

这里说的自定，并非前页模式中的参数修改，而是以软件"制造"某一效果的相片调控效果，然后载入相机之中。能够做到的软件，当然是原厂的Nikon Capture NX2和Camera Control Pro 2，但两者都是需要另外购买的。使用自定曲线模式，最大好处是可以做到一些较为激烈的效果偏向，例如超高反差或逆向反差，即如Lomo摄影中被大力鼓吹的"E转C"交叉显影效果。但要小心，因为效果曲线是不容易编写的，当大幅度修改，很容易做成低宽容度和粗微粒的效果。但这一切效果，只会在.JPEG上"永久烙下"，不会对RAW档的后期"潜质"造成影响。

自定影像曲线示范
Camera Control Pro 2（v2.0.0）

 Step 1

▲把已关机的机皇接上电脑，然后开启电源，引发软件的自动启动。

Step 2

▲进入操控界面后，选择Image Processing，点选Edit方块，进入参数微调界面。

Step 3

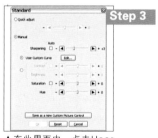

▲在此界面中，点击User Custom Curve，进入曲线编辑界面。

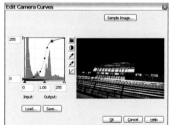

Step 4

◀在Edit Camera Curves界面中，会看到一张示范图片及类似Adobe Photoshop的"曲线"图表。使用方法亦和"曲线"很类似。

Step 5

▲当完成设定后，只需点击"OK"确认。另存及命名窗口亦会同时出现，这时可以选择机身内的九个储存频道，由C1至C9，然后为效果命名一个名字，如示范中的Custom（E to C）。

照片调控工具示范
重新设定

当我们不太了解现在运作中的照片调控效果，不妨重回SD标准模式，还原为预设参数效果，再重新设定适用的参数修改。

▲在任何模式的参数设定界面中，按下以垃圾箱为图示的删除键，再加以确定键便能重设模式为预设效果。

快速调整

若逐项参数设定颇费时间。厂方提供了简易的快速调整方法，以单一动作，快速改变全部参数效果。

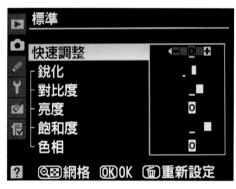

◀改动快速调整列的设定值时，下方的各项参数亦会跟随变化。

参数坐标网格图

若只看每种模式中的数字，难以比较当中的偏向和程度区别。这时可以开启参数坐标图，以图形方式，把全部模式的现在效果快速呈现。在坐标图内，主要以对比度及饱和度为显示主题。

◀在模式的参数设定界面中，按下放大浏览键不放，就能启动参数坐标网格图。除了显示机身预设模式的"现在设定"效果外，还兼容其他额外载入的模式效果。坐标网格图的x轴和y轴分别代表对比度及饱和度。

D-Lighting与Active D-Lighting

在机皇上，看得出Nikon对影像效果调整的重视。除了Picture Control外，另一个独有的影像优化功能D-Lighting，亦由后置形式变成简易方便的前期运作，变为"Active D-Lighting"。对于繁忙的用户，此功能十分有用。

入门变高阶的D-Lighting

第一部拥有D-Lighting功能的D-SLR并非高阶或旗舰之作，而是Nikon有史以来最平价的D-SLR——D40。D-Lighting的用法很简单，在重播影像时，把光效不佳的影像，改以合适的光度，把不好的相片救回。可能是加亮暗淡的主体，或是加深过亮的主体，视影像效果而定。过程中提供了预视效果，用户觉得满意之后，才另存为一个全新号码的档案。这个功能一经推出，得到不少入门用户的喜爱。因为不是人人都有能力和兴趣另购软件，他们想做的，可能只是调亮一点或调暗一点而已。手上的D40所给予的D-Lighting已足够修改影像亮度，步骤又方便使用，对入门用户十分具有吸引力。

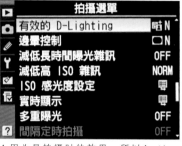

▲D-Lighting的功能选项，位于修饰选单之中，除此之外还有各种后置修饰功能。

▲在设定期间，会拼列原相片和加入D-Lighting效果的版本，让用户自行决定效果程度。

Active D-Lighting

虽然D-Lighting的效果不俗，但对于高阶或专业用户，普遍会以懂得使用专业软件为荣，所以大部分的后期工序都宁愿在电脑中进行。但需要每一张相片逐一开启、修改再另存一个新名字，真是烦人。对于大量拍摄的摄影师，便会想出各种独有的"秘技"应付，就像前页中提及的减低对比度获取更高的.JPEG宽容度。D-Lighting的效果，如果不想麻烦地逐一加上，希望自动解决大部分光效问题，不用额外步骤，亦不用新增副本的档案。这就是Active D-Lighting的最大优点，亦使此功能成为专业摄影师的最爱功能之一。

▲因为是拍摄时的效果，所以Active D-Lighting属于拍摄选单，D-Lighting则保持修饰选单。

▲（预设）关闭效果。

▲微弱效果。

▲标准效果。

▲加强效果。

高光部位警告提示

一般人对数码摄影的质量评价，主要是细节层次是否丰富。相片中的过亮或过暗部分，在.JPEG或.TIFF上，分别就是255,255,255和0,0,0的R,G,B值，即使是不同颜色，当越接近两极，便越近似白和黑，甚至失去层次。对于过度曝光，我们可以启动三部机皇的重播影像资讯显示功能。对刚完成的设定效果作出"曝光"的防备，但对于死黑，只能通过打开曝光分布图，估计是否很接近。

▲若想启动高光警告提示，请进入重播选单中的显示模式选项，把所需的项目剔选，然后移往"完成"之上，按下OK键。

▲在重播画面中，按上或下键（预设）就能改变影像的显示资讯。

▲当画面出现"高光"字句，便代表进入高光部位警告画面，画面中若出现（255,255,255）的全白，曝光位置，便会闪烁不停（红圈）。

Active D-Lighting的宽容度变化测试

测试解说

测试要求
- 测试结果以曝光警告所出现的曝光补偿级数越高便越好

测试器材
- Nikon D700
- AF-S Nikkor 24-70mm f/2.8G镜头
- 标准灰卡
- Gitzo GT1531三脚架及云台

测试结果导读
- 灯光令影像中出现极大反差效果，不只有高光，还有阴影区域。当由ACDSee开启影像档案，出现红色的部分，代表"曝光"的Over Exposure Warning（即R,G,B值是255,255,255）部位的分布。若出现绿色的部分，代表"死黑"的Under Exposure Warning（即R,G,B值是0,0,0）部位的分布。

▲测试原图，关闭Over Exposure 和Under Exposure Warning的普通显示效果。

▲关闭Active D-Lighting功能（预设）。

▲开启Active D-Lighting功能，程度为微弱。

▲开启Active D-Lighting功能，程度为标准。

▲开启Active D-Lighting功能，程度为加强。

测试分析

从本页的测试，可见D700配以AF-S Nikkor 24-70mm f/2.8G的Active D-Lighting效能，不论开启或关闭，.JPEG的可记录曝光范围，都没有大改变。"曝光"的Over Exposure Warning和"死黑"的Under Exposure Warning，没有因为功能开启而改变范围和程度。这令人联想到后期的D-Lighting效果，不能够令已变成"死黑"和"曝光"的部分，恢复层次和细节，但对不太严重的错误曝光有显著的矫正效果。对完全的18%灰度和以正常曝光拍摄的影像，此功能没有明显功效。但对"不是最黑，但又好黑"的区域，Active D-Lighting效果便开始出现，尤其是功能的加强程度，令影像的阴暗位置加亮了不少。

对于时间充裕的影楼拍摄，灯光设定完全受控，也就是控制明暗反差。Active D-Lighting的自动化反差调整，对于影楼摄影师来说，可能不太适合。相反，在紧急的时刻，例如事故发生现场、婚宴、活动拍摄等，现场光和闪光灯有着不断变化的可能，自动的中庸化系统，会是不错的选择。

全片幅的四角边晕控制

在全片幅系统上，不时出现严重的镜头四角边晕问题需要解决。收小光圈虽然能有效抑制四角失光，但会局限景深的发挥。为此，Nikon为两部FX机皇加入影像的局部修正功能——边晕控制，大大消减四角失光现象。

FX机身的专享功能

虽然边晕控制暂时只限FX全片幅机身独有，但这并不代表是DX机身的损失。因为大部分镜头，在只有约一半感光面积的DX机身上时，不论是支持全片幅的或数码专用镜头，四角失光问题都会被"忽视"。不论是被裁去了，还是光学在集中后的优化，三部机皇中，只有D300不需要加入此功能。很多用户都趋之若鹜地追随最新超广角NC镜皇，AF-S Nikkor 14-24mm f/2.8G，

▲AF-S Nikkor 14-24mm f/2.8G在D700上使用14mm、f/2.8光圈拍摄的效果。关闭边晕控制功能后，四角失光最高为-2.97级。

▲AF-S Nikkor 14-24mm f/2.8G在D700上使用14mm、f/11光圈拍摄的效果。关闭边晕控制功能后，四角失光平均为-1级。

▲AF-S Nikkor 14-24mm f/2.8G在D300上使用14mm、f/2.8光圈拍摄的效果。四角失光平均为-0.41级。

在FX机身之上，不论解像度和色彩还原都有着极高的评价。但在镜头的最大光圈的四角失光问题上，有不少微言。针无两头尖，亦不会有太多完美的事。全片幅亦不一定是天下无敌，但总会有解决的办法。

除了AF-S Nikkor 14-24mm f/2.8G镜皇之外，还有不少全片幅镜头有类似的问题。不少图像软件，如Adobe Photoshop系列，在很久以前已推出减轻四角较暗的矫正功能。就像D-Lighting和Active D-Lighting的关系，若把后期的四角失光矫正功能移植在前期拍摄时，便成为了现在的边晕控制功能。因为Nikon的边晕控制功能是全自动运作，无须用户手动输入不同镜头和不同光圈下的暗角抑制程度，所以这功能只能对应绝大部分G型和D型的Nikkor全片幅镜头，非CPU镜头和能够移轴的PC镜头便不能支持这项功能。

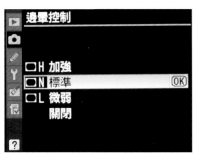

▲在拍摄选单中，进入边晕控制内，就能选择功能的开关和强度，标准程度是预设设定。

▲边晕控制功能对应绝大部分G型（左一）和D型（左二）的Nikkor全片幅镜头。DX镜头（中间）、移轴镜头（右二）和如AIS的非CPU镜头（右一）并不支持这一功能。

D3的固件更新

D3贵为Nikon首部FX机身，虽然一鸣惊人，但某些方面仍有待改进之处。就像镜头的四角失光问题，初期的D3在出厂时并未拥有边晕控制功能。直至D700在2008年7月发布的同时，Nikon为D3推出v2.00版的固件更新服务。当中最值得关注的，就是新增边晕控制功能。在7月之后出厂的D3已全部安装了v2.00的固件。若是很早已买下D3的用户，便需要在互联网上的Nikon亚洲知识库中，下载及跟着指引安装固件v2.00。方法不难，但需要对电脑和D3有多一点的认知。若想更放心，可自行到当地的代理机构安排更新服务。

Nikon D3 A/B固件v2.00下载及安装指引（Windows中文版）网址：

http://nikonasia-tc.custhelp.com/cgi-bin/nikonasia_tc.cfg/php/enduser/std_adp.php?p_faqid=5950

▲若固件版本是A 1.10，B 1.11的，或最早期的A/B固件版本是v1.00的D3用户，必须更新固件为v2.00（或更新）才可享用边晕控制功能。

FX格式四角边晕控制测试

测试解说

测试要求
· 测试结果以四角与中央曝光相差级数越小便越好

测试器材
· Nikon D700
· AF-S Nikkor 14-24mm f/2.8G镜头
· 无折纯白卡纸
· Gitzo GT1531三脚架及云台
· SEKONIC DUAL-MASTER L-558测光表
· Samsung R560 手提电脑
· Imatest v3.1 Master测试分析软件

测试方法
· 使用三脚架，开启2秒自拍计时器及曝光延迟模式功能
· 使用A光圈优先自动模式，锁定最大光圈
· 使用手持式测光表及锁定±0EV
· 关闭自动感光度功能，感光度设定为ISO 200
· 选用RAW + JPEG模式（.NEF选用14-Bit模式记录；JPEG以最高解像度的最高质素记录）
· Picture Control：SD标准（预设参数设定）
· 架设相机与白色卡纸相距约2米
· 镜头设为手动对焦，对焦点手动锁定无限远
· 使用手动设定白平衡模式，以18%灰卡为测量标准
· 使用Nikon Capture NX 2软件开启、检视及以预设设定转换各RAW档影像
· 使用Imatest v3.1 Master的Light Falloff功能分析所有相片

▲测试现场。

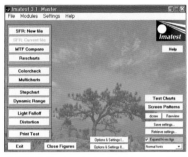

▲测试软件：Imatest v3.1 Master。测试分析功能：Light Falloff。

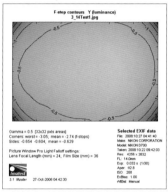

▲拍摄时，边晕控制设定即使设为加强程度，但其.NEF档，在经过Capture NX2转换为.JPEG后，四角最高失光达-3.05级。

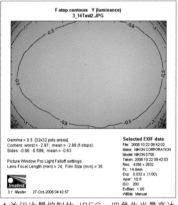

▲关闭边晕控制的.JPEG，四角失光最高达-2.97级。

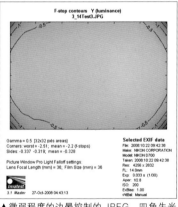

▲微弱程度的边晕控制的.JPEG，四角失光最高达-2.51级。

▲标准（预设）程度的边晕控制的.JPEG，四角失光达-2.26级。

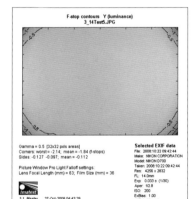

▲加强程度的边晕控制的.JPEG，四角失光达-2.14级。

测试分析

　　从测试中看到，D700的边晕控制功能，能令镜头的四角最高失光由原本的-2.97级，消减至加强程度的-2.26级，虽然没能完全矫正镜头失光现象，但对很少全开最大光圈拍摄的镜头和题材，如风景拍摄用广角镜便大有作为。

闪光灯

恕我在这里主观一点，D3在很多地方都很强很完善，但没有内置闪光灯，却是有点不足。虽然细小，但内置闪光灯在D700和D300上不单用做主灯照明，还主导了无线群组闪光灯系统。这么好用，为何不能与100%全片幅观景器共存呢？

i-TTL自动闪光灯系统

D-SLR的闪光灯系统十分复杂，要详细解说可能只能在我们的《D-SLR闪光灯使用手册》中，用上近150页的内容才足够。在这里简单说一说两个闪光灯的重要功能，一个是闪光的测光模式，另一个是无线自动闪光功能。闪光灯的测光模式，大致分为自动的TTL和A模式，再加以M手动输出设定。对于SLR相机，TTL（Though the Lens）是其精髓所在，指测光和观景系统都是经过镜头，进入机身，通过反光镜进行的。D-SLR的感光元件因有着极端的反光问题，传统的实时TTL闪光测光系统不能运作，必须进化成预先形式的预闪式TTL。Nikon的新D-SLR上，尊名为i-TTL闪光系统。i-TTL系统在按下快门键后，直至快门帘幕打开前的一刹那，闪光灯会放出一道微弱闪光，用来评估所需的输出光量，在正式拍摄时使用。这个预闪是现在的数码相机必须的。借着这个预闪，令机身做到闪光曝光锁定（FV Lock）。在手动FV锁定然后即使任意构图，亦不会改变闪光效果。i-TTL的另一个重要功能，就是可以组成一个无线闪光灯群组系统，完全自动，应变能力极高极快。

▶ Nikon无线微距闪光灯套装Nikon Wireless Close-up Speedlight Commander Kit R1C1，就是最直接运用i-TTL无线自动闪光灯功能的器材。

▲ A/AA闪光灯自动测光模式的运作路线图。

▲ Nikon SB-800的感应器。

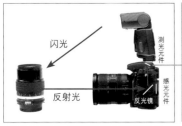

▲ i-TTL系统自动测光模式的运作路线图。

▲ Nikon D300的测光感应器。

内置闪光灯

前文提及了闪光模式，跟着就是闪光灯的种类。大致可分为机身内置闪光灯、机顶热靴外接自动闪光灯和外接全手动闪光灯。内置闪光灯应该人人都知是什么，在三部机皇中，只有D300和D700拥有。有人会觉得拥有内置闪光灯的机身可以大胆说是"不是最高级的"。若比较D3和D700，为了加入内置闪光灯，令D700损失了相同于D3的100%观景能力，观景器亦比D3的小一点。但纵使内置闪光灯输出功率较小，但作为补光使用，已觉足够。加上内置闪光灯的便携和百分之百对应能力，其实是最稳当的硬件。再加上新机上新增的无线闪光灯系统主体操控功能，在种种优势下，令拥有内置闪光灯的Nikon专业D-SLR有着极高的吸引力和性价比。

▲ 因为D700和D300，没有像D90和D60般加入全自动和场景模式，所以内置闪光灯必须手动按键，才会弹起启动。

▲ D700和D300的用户，当进入拍摄选单中的e3:内置闪光灯的闪光控制模式，可以看到TTL（即i-TTL系统）、M（手动输出控制）、RPT（重复频闪光）和C（无线闪光系统指令单元模式）的选择。

▲ 在户外使用"内闪"作补光，建议尽量保持"内闪"效果为−1EV至−2EV，只作为辅助性质使用。D700和D300接环旁边的闪光灯曝光补偿键加上前转盘，就能设定内置闪光灯和外接闪光灯的曝光补偿。

外接自动闪光灯

我们在这里集中细说SB闪光灯系列的型号及功能。与D700一同推出的SB-900，除了基本的自动闪光功能外，它所拥有的进阶功能，都是本人十分喜爱使用的。很多用户都会选择全套Nikon器材，除了质量较高、较有保障外，统一品牌会有不少优化功能。闪光灯可以与机身直接交流各种资讯，除了闪光输出，还有最佳的AWB自动白平衡效果。

▶ 与D700一同推出的SB-900，加入了大量新颖的闪光功能，是现时最强亦最复杂的闪光系统组合。

闪光模式效果设定、示范

后帘幕同步闪光

预设下闪光会在快门开启之后，便发出闪光，我们称之为"前帘幕快门同步闪光"。有"前"便会有"后"，"后帘幕快门同步闪光"是指闪光灯在快门将要关闭之前发射。对于D-SLR，前帘幕闪光和i-TTL的预闪，好像是"一发"的。当后帘幕闪光加上如1秒的慢快门，用户会看到快门打开前的预闪和1秒后在快门关闭前的后帘幕闪光，看上去像"两发"。前和后的效果，主要在长时间的活动摄影中显示。例如，我们拍摄汽车在晚间亮起车头灯的照片，当中加上闪光效果。使用前帘幕快门的，会令人感觉车头灯像激光般向前射出；使用后帘幕快门的，就会令人感觉车头灯在移动般，效果完全不同。

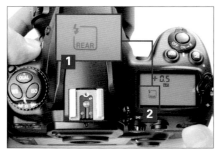

▲后帘幕闪光同步的设定方法是按下闪光模式/补偿键不放（1），然后转动后转盘（2）。在屏幕之上，REAR就是代表后帘幕同步。

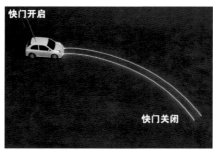

▲前帘幕闪光效果。

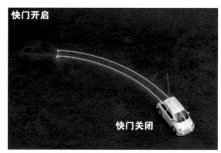

▲后帘幕闪光效果。

重复闪光（频闪）

因为闪光灯的一发闪光，发生需时很短，只是一刹那的时间，所以我们会说："用闪光锁定运动动作"。若在一个影像的拍摄过程中，不只发出一道闪光，而是很多道，就能在影像上，把一个移动中的主体，"锁定"为多个形态。这个功能就是重复闪光，也就是坊间常说的频闪。频闪最重要的就是闪光发生的频率，即每次闪光间距，如1Hz即每秒闪动一次、3Hz即每秒闪动三次，闪光次数要视快门长短和频率而定。D700和D300的内置闪光是极少数能拥有频闪功能的"内闪"。D3用户要使用频闪当然是加装SB-900、SB-800或SB-600。

▲无合成，无重复曝光，一次快门的开合所完成的重复闪光拍摄效果。

Step 1

▲进入D700或D300的用户设定目录中的e3：内置闪光灯的闪光控制。

Step 2

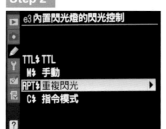

▲启动RPT重复闪光功能。

Step 3

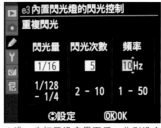

▲进一步打开设定界面后，分别设定"闪光量"、"闪光次数"及"频率"，完成后按OK键退出。

Step 4

▲根据重复闪光的频率和闪光次数，确定机身所需的快门速度，光圈则由闪光效果个别计算。

高速闪光同步效果比较

在前页的拍摄模式介绍中，曾经提及"x闪光同步"模式，三部机皇都只能最高设定为1/250秒，这代表了相机的最高闪光同步速度就是1/250秒。若强行超过了，会出现影像局部被遮黑，甚至差不多全部影像变黑。这个现象全因SLR相机的垂直行走快门帘幕，运用了间隙行走方法，凭"分批渐小"地让感光元件受光，达到相同于极速快门的相同累积受光量。但它真实的快门运行速度，其实仍是1/250秒。"分批渐小"地感光，令一刹那的闪光不能令全部感光元件受光，出现影像被快门帘幕遮黑。i-TTL闪光灯系统的FP高速快门同步闪光功能，就是针对间隙行走方法，让闪光灯作出高密度频闪，即使感光元件不能同一时间全部曝光，也让它每一点都受到一样程度的累积曝光。

▲进入目录的用户设定选单的e1：闪光灯同步速度，会看到不同闪光灯设定。这里的选择，会直接改变S快门优先自动和M手动曝光模式中的"X闪光灯同步"模式的快门数值。

▲若选用了普通的"1/250秒"，当热靴上装有支持的闪光灯型号，快门速度便会被自动锁定在最高的1/250秒，不能突破。闪光灯的屏幕亦只会出现普通的TTL图示。

▲若选用了"1/250秒"（自动FP），快门速度会被解封，自由调节，而且在任何速度下都能同步原厂自动闪光灯。闪光灯的屏幕会出现FP高速闪光同步的图示（红圈）。

快门速度与拍摄效果比较
测试解说

测试器材：	测试设定：
· Nikon D700机身 · AF-S Nikkor 24-120mm f/3.5-5.6G VR镜头 · Nikon SB-900闪光灯 · Elinchrom Style 600S影楼闪光灯 · Sekonic DUAL MASTER L-558 测光表	· 设定Nikon D700为M手动曝光模式，锁定ISO 200及f/11光圈，每次拍摄只更改快门速度 · 设定Nikon SB-900为M手动输出模式，锁定闪光输出不变。 · 锁定Elinchrom 600S影楼闪光灯输出不变，数值由Sekonic L-558测光表以入射式测光法测量后得出。

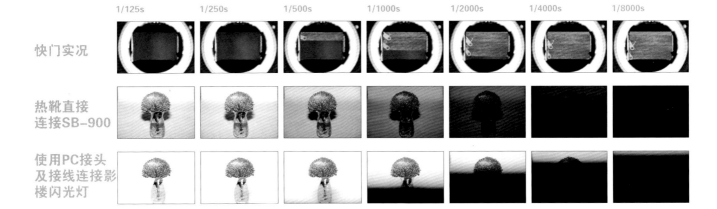

	1/125s	1/250s	1/500s	1/1000s	1/2000s	1/4000s	1/8000s
快门实况							
热靴直接连接SB-900							
使用PC接头及接线连接影楼闪光灯							

测试分析

从测试得知当相机的快门设定越来越高速，其快门的帘片与帘片之间的距离，便越来越窄。当连接上不支持FP高速同步闪光功能的闪光灯，如影楼闪光灯，影像会被越来越快的快门给遮得越来越黑。但可看到仍受光的位置，不论是1/500秒还是1/4000秒，亮度与1/125秒的相同。另一方面，当改用了同厂的SB-900闪光灯，机身亦启动了FP高速同步闪光功能后，再锁定闪光灯的输出功率，即使快门速度极快，整个影像都会平均受光，但影像光度却越来越暗。这亦是快门以间隙行走方法运作，闪光灯以频闪功能同步高速快门的"副作用"。

Nikon

i-TTL自动闪光与现场光混合测光设定比较

与其他的品牌有点不同，Nikon闪光灯的测光系统，不会与现场光的系统各自独立运作。当用户使用机顶自动闪光灯拍摄，希望做出曝光调整，除了使用灯身和机身上的独立闪光曝光补偿键设定闪光灯的补偿数值外，还要留意机身的综合曝光补偿是多少。两个不同的曝光补偿会联合运作及计算，可能会出现互相对消或累积增幅。

▲机身上的综合曝光补偿设定方法，就是按下机顶的+/−键再转动后转盘。

▲D700和D300的闪光曝光补偿键位于机身旁边，需一直按下，加上转动前转盘做出设定。

▲D3用户若想设定机顶热靴闪光灯的曝光，便需要直接在闪光灯上设定。D700和D300的用户，若同样在机顶自动闪光灯上更改闪光灯曝光补偿值，变成同时拥有机身的综合曝光补偿、闪光曝光补偿和闪光灯上的曝光补偿三个设定，它们同时运作，会做出对消或添增的效果。

闪光与现场光设定比较

▲使用D700的A光圈优先自动及设定极慢的闪光灯同步快门速度，机身的综合曝光补偿、闪光曝光补偿和SB-900上的闪光曝光补偿全部是0EV的效果。

▲把机身的综合曝光补偿设为−1EV，机身的闪光曝光补偿和SB-900上的闪光曝光补偿都是0EV的效果。

▲把机身的综合曝光补偿设为−1EV，机身的闪光曝光补偿设定为+1EV，SB-900上的闪光曝光补偿保持0EV的效果。

▲把机身的综合曝光补偿设为−1EV，机身的闪光曝光补偿设定为+1EV，SB-900上的闪光曝光补偿改为+1EV的效果。

SB-900的固件版本更新

固件更新对D-SLR来说并不新奇，但外接闪光灯都有固件的更新可能便暂时只此SB-900。有什么需要更新？笔者也不知，因为Nikon的i-TTL大部分都是在机身之上做出核心操作，闪光灯就像手足一样，作为最直接的表现。SB-900初登场，已预置了ver. 5.00版本。可能在设计研发时，技术人员已把SB-900"调校"得无懈可击，但仍留有一手给往后不断变化的D-SLR技术和趋势。

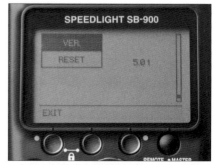

▲当SB-900装在已更新的D3或D700上，就能进入位于用户设定的固件版本功能。

v2.00或以上的D3才能更新SB-900的固件版本

初期的D3未拥有更新SB-900固件版本的可能，要经过更新D3的A/B固件为v2.00才能做到。

D3 A/B固件v2.00下载及安装教学中文网址：

http://nikonasia-tc.custhelp.com/cgi-bin/nikonasia_tc.cfg/php/enduser/std_adp.php?p_faqid=5950

86

离机闪光系统设定示范

说到离机闪光灯同步，大部分人都会联想到i-TTL的先进无线闪光系统，但其实还有另外两个方法可以做到。先说最"正路"的i-TTL先进的无线闪光系统，必须有一支主体闪光灯和最少一支遥控闪光灯才能实行。但D700和D300的内置闪光灯，就能做到主体闪光灯的功能，不用另外再买一支SB-800、SB-900或SU-800。能够作为遥控闪光灯的，除了SB-800和SB-900外，还有SB-600和SB-R200。大家都会发现SB-800和SB-900能够身兼数职，随时转换为主体或遥控闪光灯使用。

  内置闪光灯i-TTL无线闪光系统设定示范

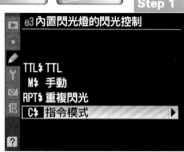
▲进入拍摄选单的e3:内置闪光灯的闪光控制，选择C指令模式。

▲在指令模式中，内置闪光灯作为主体闪光灯，可以选择TTL自动（即i-TTL）、M手动输出或只释放同步信号，但不作效果闪光的"关闭"。

▲A组和B组闪光灯都是指离机的遥控闪光灯，若是使用SB-800或SB-900，除了TTL（即i-TTL）和M手动输出外，还可以选择AA灯身自动测光模式。但SB-600和SB-R200因没有感应器，所以并不支持A/AA模式。

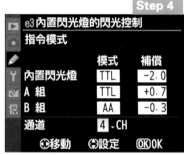
▲遥控闪光灯除了需要设定A组或B组（还有C组，但不在此支持）外，还需要与主体闪光灯的通道（即频道）相同，否则仍然不能同步。

▲若是最新的SB-900，只要拨动电源开关至REMOTE便能启动遥控闪光灯功能，十分方便。SB-800、SB-600则需要长按Mode键进入设定功能选单设定。

▲最后，检查闪光灯上的频道设定与相机的是否相同，确认后就能拍摄。

i-TTL无线闪光系统
设定示范
（外接主体闪光灯版本）

▲若是最新的SB-900，只要拨动电源开关至MASTER便能启动主体闪光灯功能，十分方便。SB-800、SB-600则需要长按Mode键进入自定功能选单设定。

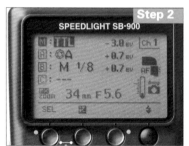
▲作为发出指令的主体闪光灯，除了可选择以TTL自动（即i-TTL）、A/AA灯身自动测光、M手动输出外，还可以选择只释放同步信号，但不作效果闪光的"关闭"。

▲与D700和D300的内置闪光灯相比，以SB-800或SB-900作为主体闪光灯运作，除了A组和B组外，还可以设定C组闪光灯的运作模式。

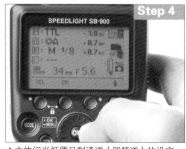
▲主体闪光灯便只剩通道（即频道）的设定。

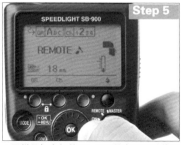
▲同样是把离机的SB-900的电源开关拨至REMOTE，启动遥控闪光灯功能，检查及确认各闪光灯上的频道设定是否相同，完成后就能拍摄了。

不自动的离机同步闪光

另外一个闪光灯的同步方法是无线的，不过就没有了自动调整闪光输出的能力，只能够令其他闪光灯一同闪光而已，这就是光敏感应同步。使用方法并不复杂，先把内置闪光灯或机顶上的闪光灯变为手动输出控制，然后设定输出为最小的可能是1/64或1/128，让它只足够引发开启了SU-4感应同步功能的SB-800和SB-900，即使闪光投射到前面的被摄体之上，诱发闪光亦不会有所影响。

  同步感应无线闪光系统设定示范

▲启动内置闪光灯后，进入拍摄选单的e3:内置闪光灯的闪光控制，选择M手动输出控制模式。

▲进入M手动模式后，可以选择输出的功率比率，若不想内置闪光灯影响被摄体，可以设为最小的1/64。

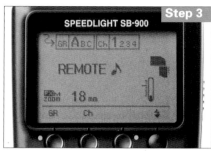

▲同样是把离机的SB-900的电源开关拨至REMOTE，启动遥控闪光灯功能。

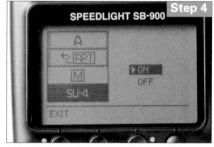

▲预设的SB-900 REMOTE功能是i-TTL版本，现在需要进入SB-900的自定功能目录，启动SU-4"同步感应"功能。

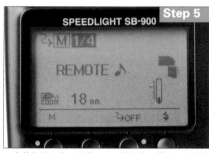

▲在待机画面中，设定SU-4的闪光运作是M手动输出控制。根据手持式测光或重播影像来确定此离机的SB-900的输出功率大小。

▲SU-4功能，最适合把SB-800和SB-900设为与影楼闪光灯一同使用，作为辅助的边光或局部补光。

影楼闪光灯的连接

最后一个闪光灯同步方法，不是无线的，接入连线最大的缺点是比较累赘，但亦是因为接线，让它能不受其他相机搔扰。三部机皇上都拥有PC接口。这个接口是标准设计，可以凭相同的接头接线连接SB-800和SB-900或影楼闪光灯，做出全手动的离机闪光灯同步。对D700和D300的用户可能作用不大，因为有内置闪光灯，但对D3用户，它是做出影楼闪光灯同步最便宜的方法。

▲打开机身和闪光灯上的保护胶盖，露出PC接口，使用标准的接线连接相机和闪光灯。

▲除了三部Nikon机皇之外，SB-900及SB-800都拥有相同的PC接口。

▲除了使用接线外，坊间还有各种功能设定的无线同步器套装，只要正确安装在相机的机顶热靴和闪光灯上便可。

闪光灯离机设定方法优点与缺点比较

模式	优点	缺点
i-TTL先进无线自动闪光灯系统	对应全部自动闪光功能	只支持Nikon闪光灯和机身，多发的信号闪光有可能导致被摄者眨眼，不能与影楼闪光灯一同无线引闪
SU-4感应同步闪光功能	可与影楼闪光灯一同使用	没有自动闪光功能，必须手动设定输出
PC接入连线同步	只要相连，不会被其他相机搔扰	接线的相连累赘，而且受到相连数目限制，所有自动输出控制失效

非CPU镜头使用设定

虽然Nikon D300与D90使用同样DX格式的1230万像素CMOS，两者的售价相差甚远，但仍然吸引不少业余用户追捧着D300，尤其是发烧友。因为只有在机皇级的Nikon D-SLR才能支持非CPU镜头的自动测光和闪光灯TTL，令一众AI镜头、AIS镜头、蔡司镜头和M42转接环镜头，在机皇上再放光芒。

光圈设定

在三部机皇接环的上方，隐藏了一支小小的拨杆，当任何一支镜头装在机皇上，它便会被拨动至某一位置。通过物理方式，让机身得知镜头使用中的光圈值。这方法在D镜和G镜上，功能不太明显，因为所有D镜，预设下都要锁上镜头最小的光圈，才能在机身上运作。D镜和G镜的电子光圈，完全由机身的电流信号控制大小。但使用非CPU镜头时，没有了电子接点，光圈设定由人手转动镜头的光圈环。测光系统凭光圈连动杆知道非CPU镜头的光圈数值，再进行现场光测光和闪光灯的预闪式TTL测光。没有这个光圈连动杆的D90和D60，便失去了使用AIS镜时自动测光的功能。

▲位于机身上的小小光圈连动杆。

▲当镜头装上去后，镜头的光圈环便会推动机身的连动杆，让机身得知现在使用中的光圈值。

▲若未手动输入任何非CPU镜头的资料，或最大光圈资料出错，机身的光圈值有可能显示f/0。

非CPU镜头资料设定示范

Step 1

▲进入设定选单目录，选择打开非CPU镜头资料。

Step 2

Step 3

▲三部机皇都能储存最多9支镜头的资料，输入和使用时，都需要先选择资料频道。

▲把镜头的焦距和最大光圈资料输入，若是使用能够变焦的AIS镜，如AIS Nikkor 80-200mm f/4，建议焦距输入广角端的，好让闪光灯自动调整到相同的覆盖焦距。

快速镜头资料频道选用示范

▲进入用户自定目录中，选择f5:指派FUNC.键功能，然后选择FUNC.键和转盘的联合功能为选择Non-CPU镜头编号。

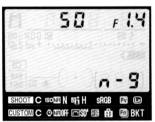

▲在拍摄时，只要按下FUNC.不放，再辅以转盘的调拨，就能选择已输入的镜头资料频道。

▲在拍摄资料显示界面中，会显示使用FUNC.键加上转盘设定镜头资料频道的频道号数。

AF微调

一套相机系统若要有强劲的自动对焦表现，除了镜头运作快和大光圈外，机身的感应器亦要敏感和精准。但当一切都最理想时，亦会出现走焦的可能，原因未必是独立硬件的问题，而是组装后的"协调性"有偏差。Nikon机皇，既然被誉为是AF最强的机种，当然不会在协调性方面怠慢，在设定选单中提供了最多12支AF镜头微调资料的储存空间。合焦位置不但可以向前修正，亦可以向后修正。哪些镜头需要作出AF微调？大光圈远摄镜和微距镜，因景深可做成极浅效果，所以比较容易和有需要设定AF微调。在讨论区激烈地讨论的副厂镜头与原厂镜头的AF准绳度比拼，本人觉得不能一概而论，只能看作独立一部机和一支镜头，但AF微调绝对能解决困扰旧D-SLR用户良久的走焦问题。

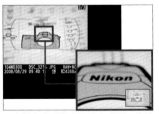

▲示范为Nikon D300配以Tamron SPAF 90mm f/2.8 Di Macro 1:1。先以三脚架设相机，向着一张印有图案或文字的印刷品拍摄。

▲选择中央对焦点及最大光圈，先手动对焦至无限远，然后全按快门键拍摄（若使用快门线更佳）。通过重播及中央局部放大，观看合焦点位置与AF点相差有多远。

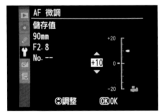

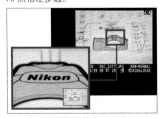

▲进入设定选单的AF微调中，启动了功能后，选择储存值，若出现焦点前移，便把坐标向后（即+数方向）移动，最多为+20。实际需要多大程度的微调，应该凭多次实拍测试来决定。

▲完成后，以相同的方法，由无限远再次自动对焦至中央一点，然后放大观看。

专用软件示范

Chapter **4** Softwares

► Photos by Sam YAU（《DiGi数码双周》摄影丛书系列 助理编辑）\ Nikon D3 \ f/6.7 \ 1/125s \ ISO 200 \ Pre SET WB \ Picture Control: SD标准（锐化度：5，对比度：+1）\ AF–S Nikkor 24–70mm f/2.8G \ 50mm

Aki's Profile

身高： 165cm

三围： 33 25 34

鞋码： 7

入行经过： 摄影师好友邀请拍摄

入行年资： 约两年

联络电邮： kimigasu2004@yahoo.com.hk

个人相簿： www.fotop.net/akichan

.NEF专用影像修改软件
Nikon Capture NX 2

Adobe Photoshop系列声名之大，应该无人不知，但它并非一般人所想的无敌和万能。它本身没有直接的资料夹浏览和档案管理功能，需要一个个档案开启再编辑。若你需要的是一个和你手上的机皇最"配"、能够同时做到档案管理、效果修改和.NEF档转换的软件，原厂的Nikon Capture NX 2绝对是个好选择，但请自行购买软件的版权。

系统要求

Nikon Capture NX 2安装所需的硬盘容量，虽然不及Adobe Photoshop CS 4般巨大，只需200MB，在大部分新型电脑中，已足够顺畅运行。但对于经常使用RAW档储存的高要求用户，一部高性能的电脑有利于大量RAW档的转换。不少人会直接比较Capture NX2和Photoshop系列，同样都可以开启三部机皇的.NEF。若从商业角度来选择的话，是Photoshop CS3使用的人比较多，但对于一些业余用户，尤其对相片的效果充满尊重性和真实性的用户，大部分都只作影像效果的调校，例如明暗、色温和锐度，甚少会使用图层或复合相片的合成。这些用户便十分适合选用Nikon Capture NX2，而且软件版权的建议售价，亦以Nikon Capture NX2 full version的US$179.95，比Adobe Photoshop CS 4的US$699，来得便宜和性价比高。

▲ 在目前十分流行的Atom处理器"NetBook"上，如Fujitsu Lifebook U1010，Nikon Capture NX 2成功安装后，运行时虽然要等待一点的档案开启时间，但NetBook的方便和廉价，实为摄影人士必买配件之一。

Windows平台电脑的建议要求：

◆处理器：Intel Pentium 4或更高效能◆内存：1 GB或更高容量◆硬盘空间：最少200MB◆1280 x 1024解像度全色显示屏◆32-bit Windows Vista（已安装Service Pack 1）版本或Windows XP（已安装Service Pack 2）

Macintosh平台电脑的建议要求：

◆处理器：PowerPC G4、G5、Intel Core Duo、Core 2 Duo、Xeon或更高效能◆内存：1 GB或更高容量◆硬盘空间：最少200MB◆1280 x 1024解像度全色显示屏◆OS Macintosh OS X（10.4.11至10.5.2版本）

RAW档转换速度比拼
测试解说

测试要求
· 测试结果以完成格式转换，另存新档的速度越快便越好

测试方法
· 把使用D700拍下的100张.NEF档案，分别使用Nikon Capture NX 2和AdobePhotoshop CS 3转换为.TIFF和.JPEG · 全部.NEF档均为使用无损的压缩和FX格式拍摄，全部100个.NEF共1.04GB大小 · 使用Nikon Capture NX 2和Adobe Photoshop CS3的预设影像效果作转换 · 在转换为.TIFF时，选用8-bit、无压缩及sRGB格式 · 使用Nikon Capture NX 2转换为.JPEG时，选用8-bit、Quality 100及sRGB格式 · 使用Adobe Photoshop CS3 Extended转换为.JPEG时，选用8-bit、Quality 12及sRGB格式

测试器材
· Nikon D700 · Samsung R560-AS04手提电脑（CPU：Intel(r) Core(tm) 2 Duo Processor T9400 (2.53 GHz, 1066 MHz, 6 MB)；RAM：2GB (DDR3 / 2GB x 1)；HardDisk：250GB（200GB未用空间）；Windows Vista Home Premium（中文版））

测试分析

▲ 测试用.NEF档案拍摄自 Nikon D700

▲ 测试软件之一：
Nikon Capture NX2

▲ 测试软件之二：
Adobe Photoshop CS3 Extended

▲ 测试电脑平台：
Samsung R560-AS04手提电脑

	TIFF	JPEG
Capture NX 2	12分38秒（全部档案总体积为3.38GB）	11分40秒（全部档案总体积为693MB）
Photoshop CS 3 Extended	7分10秒（全部档案总体积为3.36GB）	5分44秒（全部档案总体积为638MB）

Nikon Capture NX 2界面导览

缩图浏览区

资料夹导览

工具栏

修改效果栏

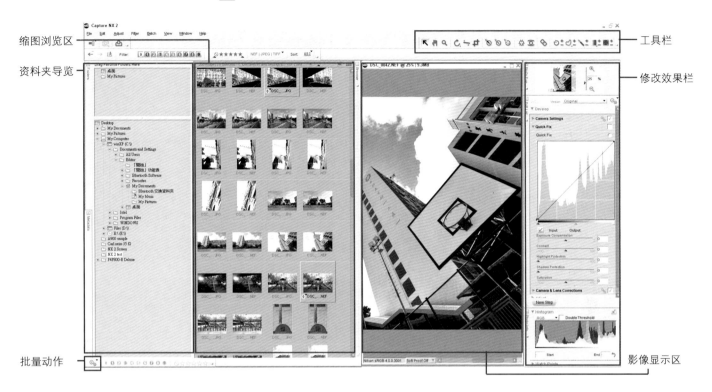

批量动作

影像显示区

工具栏

提供基本修改影像的功能，如旋转和裁切，以及进阶的独有功能，如色彩修改控制点。

▲选择工具
（快捷键：H）

▲拉动工具
（快捷键：A）

▲放大工具
（快捷键：Z）

▲旋转工具

▲水平工具

▲裁切工具
（快捷键：C）

▲黑、白、灰纠色控制工具

▲色彩控制工具
（快捷键：Shift键
+ Control键 + A）

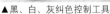
▲红眼消除工具

▲自动修饰工具
（快捷键：R）

▲选择控制工具
（快捷键：Shift键
+ Control键 + C）

▲套索工具
（快捷键：L）

▲刷子工具
（快捷键：B）

▲灰阶工具
（快捷键：G）

▲ 填满和消除
工具

批量动作

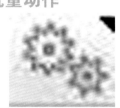

▲从已修改好的影像中复制各修改动
作，然后附加在相同拍摄设定的相片
上，大大减低修改工序。

修改效果栏

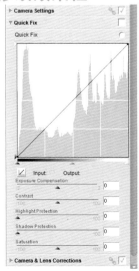

▲拥有导览、曲线设定、各种参数设
定及曝光分布图。

修改控制点功能示范

Nikon Capture NX 2的界面虽然具有独特风格，但有些设定元素与Photoshop系列相似，例如曲线和一些光效调校参数，像Exposure、Brightness、Contrast、Hightlight和Shadow等，基本操作不难掌握。Capture NX2更引进局部修改功能——控制点Control Point，而且用法十分简单。后页有我们拍下的示范短片免费观看网址，看完后应该差不多懂了八九成用法。比较下，控制点功能无须像Photoshop的图层Layer或遮罩Mask作出多个繁复步骤。而且在RAW档上的所有设定修改，都可以作无损的调校步骤储存，在日后有需要时，可以选择性更改设定或取消，还原最初效果。

控制点使用示范

Step 1

▲在Capture NX 2界面中打开需要修改的影像，选择了一张逆光的日落码头.NEF档案作示范。

Step 2

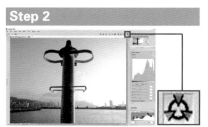

▲点击，启动色彩控制点工具。

Step 3

▲于合适的影像位置，为控制点作点击定位。预设下，控制点会以简化模式显示，只提供效果范围、亮度（Brightness）、对比度（Contrast）和饱和度（Saturation）调校。

Step 4

▲点击控制点下方的倒三角形，打开全部调校参数。

Step 5

缩小范围　扩大范围

▲点击第一个分支点，长按不放及左右移动，就能改变效果套用的范围。

Step 6

▲逐个参数设定，延伸后第一项是H，色调（Hue）。右向正数为绿，左向负数为洋红。

▲第二项是S，饱和度（Saturation）。右向正数为高饱和度，左向负数为减去饱和度。

▲第三项是B，光度（Bightness）。右向正数为加光、左向负数为减光。

▲第四项是C，对比度（Contrast）。右向正数为提高对比度，黑白分明；左向负数为降低对比度，中度灰分。

▲第五项是R，红色（Red）。右向正数为偏红，左向负数为偏青。

▲第六项是G，绿色（Green）。右向正数为绿，左向负数为洋红。

▲第七项是B，蓝色（Blue）。右向正数为绿，左向负数为洋红。

▲最后一项是W，色温（Warmth）。右向正数为低色温暖调，左向负数为高色温冷调。

Step 7

▲完成了一个位置上的色彩控制点，还可以在其他位置上加上其他的控制点，达到局部矫色、推光效果。

Capture NX 2校色、改明暗

使用影像曲线Curve来修改明暗、颜色，在Photoshop上非常普遍。在Capture NX 2上，曲线亦有类似效果。控制点和曲线的最大区别，一个是局部效果，另一个是整个影像附加上去。通过混合使用曲线和控制点，可以更快做出我们想要的效果。

▲原图

▲修改曲线，令整张相片效果改变。

▲再加以控制点的修改，只修改中央位置的灯柱。

重要修改工具

曝光调整类

曝光控制：

模拟不同曝光补偿值的效果。

高光层次保护：

针对高光位置，减低亮度，避免曝光过度，保留层次细节。

明暗层次保护：

针对阴影位置，提升亮度，避免死黑，保留层次细节。

.NEF白平衡校正示范

滴管测量

▲打开了.NEF档后，在Develop效果控制列中，点击打开.NEF独有的Camea Setting栏。

▲在白平衡White Balance选项中，由Set Color Temperature更改为Set Gray Point模式。

▲按下Start后，把代表取样滴管的鼠标标记，移往相片中属于白色的地方，或拍摄影像中的色板灰阶。

色温K数自定

▲选择启用Set Color Temperature模式。

▲于New WB项目中，选择Calculate Automatically。

▲再于下方的Fine Adjustment和Tint，使用拉杆或直接输入数值，更改白平衡效果。

网上视频——

Nikon Capture NX 2校色、改明暗示范短片

如想更传神地体会使用Nikon Capture NX 2对RAW档作出修改的情况，大家可以登录《DiGi数码双周》在YouTube开设的网络群网址，点击开启编号为"DPB37_C"的短片，细欣慢赏。

YouTube DiGi网络群网址：
http://www.youtube.com/digibiweekly

Nikon

照片调控
锐利度增值

Step 1

▲在同样位于Develop栏目的Camera Setting中，拉动卷轴移至Picture Control。

Step 2

▲点击选择基础模式，示范中是SD Standard。针对不同的情况，可以选择其他。

Step 3

▲下方设有相同于相机的各种效果参数。除了拉杆，亦可以直接输入数值，提高代表锐利度的Sharpening。

Step 4

▲其他参数，如代表饱和度的Saturation和代表对比度的Contrast等，操作相同。

Step 5

▲在模式下方，拥有快速调整的Quick Adjust。一经改变，会直接改动锐利度、饱和度和对比度的效果。

杂讯抑制

Step 1

▲位于相片调控Picture Control之下，就是杂讯抑制Noise Reduction。建议把影像作100%放大显示，才能看到杂讯的出现和抑制情况。

Step 2

▲在调校之前，先选择运作方法是Better Quality。

Step 3

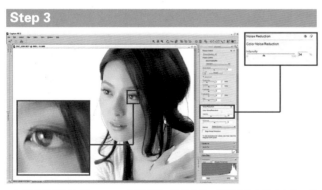

▲更改杂讯抑制密度Intensity的程度时，除了杂讯，锐利度和细节度亦会一同被"磨走"，变得平滑。

Step 4

▲除了照片调控，杂讯抑制亦有自己的锐利度控制Sharpness，提高之后有助加强影像的线条和细节度。

专业摄影电脑遥控拍摄软件
Nikon Camera Control Pro 2

数码背（Digital Back）普遍是指120片幅的可折式数码影像撷取装置，大部分都需要配合指定120机身才能拍摄。最大特色是拍摄时，可以凭1394线连接电脑拍摄，不少型号甚至是必须。D3与其余两部机皇除了可以做到相同的连接遥控拍摄外，凭Live View更可以做到大部分数码背都做不到的实时监控遥拍。除了机身有此能耐外，更重要的是通过Nikon Camera Control Pro 2专业软件，可以做出各种操控。

系统要求

相比Nikon Capture NX 2的图片编辑功能，Nikon Camera Control Pro 2的相机遥控操作功能，对电脑的处理器要求较低，只需Intel Pentium 4/Celeron的1GHz或更高效能的即可，大部分个人电脑或手提电脑都轻易符合。但对于硬盘要求便大了很多。因为使用了Camera Control Pro 2来拍摄，每一张相片都会经由USB线，由机身即时传到电脑中储存，所以硬盘的空间需要很大。若是使用最大档案体积的14-bit .NEF + .JPEG储存，一次拍摄活动，可能用上几十GB的容量。

Windows平台电脑的建议要求：

◆处理器：Intel Pentium 4/Celeron的1GHz或更高效能◆内存：768MB或更高容量◆硬盘空间：1GB或更多◆1280 x 1024解像度全色显示屏◆32-bit Windows Vista或Windows XP（已安装Service Pack 2）

Mac OS X平台电脑的建议要求：

◆处理器：Power PC G4 or G5或更高效能◆内存：768MB或更高容量◆硬盘空间：1GB或更多◆1280 x 1024解像度全色显示屏◆Mac OS X 10.3.9, 10.4.11, 10.5.1

遥拍的优点

大屏幕显示

能够连接电脑，最大好处就是能够把影像在另一个媒体中显示，不用局限于机背的LCD显示屏。虽然三部机皇的3" LCD已是目前的最高规格，92万像素、640x480解像力和超过170° 视觉范围。但与24"的高阶电脑屏幕，甚至是40"至60"的巨大电视屏幕相比，效用和效果完全不同。机背可能只够供摄影师一人鉴赏分析，但若能即时输出至大画面中，就能与多位人士一起研究影像效果，可能是美术指导，可能是客户等。这些都是在商业影楼中常见，甚至是客人对摄影师信心的建立元素。

▲摄影师与模特儿谈论拍摄效果，可以直接使用机皇背面的3"高密度LCD屏幕。

▲当制作人数多于三人，而且需要作后期的即时色彩审核和改动，使用软件把拍摄影像即时在已校色的电脑屏幕中显示，更为可靠和专业。

单人的影室世界

如果是喜欢拍摄桌上静物（Table Top）的人，都深知灯光效果差不多代表了静物摄影的优劣成败。当成本有限、地方狭窄时，很多时候都要一个人应付所有工作。唯独是"打灯"这工作，十分需要人与人的合作。摄影师在观景器中看，身为助手的重要责任，就是即时回应摄影师的指示，把灯光调校至"刚刚好"的位置，多一点和少一点都可能会破坏效果。但在D-SLR拥有了突破性的Live View功能后，工作范畴发生了很大的变化。以往不能离开观景器，现在可以凭Live View，通过视频输出或者遥拍软件，传到不同尺寸的显示屏幕中。若相隔几米，一般的14"至15"手提电脑屏幕，已足够看到影像中的明位、暗位、边光等效果。一人的专业影室从此孕育诞生。

▲粗略架设基本的主光和补光等光效，产品比较平均不够气氛。

▲通过Nikon Camera Control Pro 2，把架设在三脚架上的D3连接电脑。

▲使用遥拍的Live View功能，把D3"将要"拍入的影像效果，于15"电脑屏幕中呈现，然后做出如"调光"和"反光"的光效设定。

▲经过修改的影像光效，变得更有立体感，主体更突出的效果。

Camera Control Pro 2界面导览

主控视窗

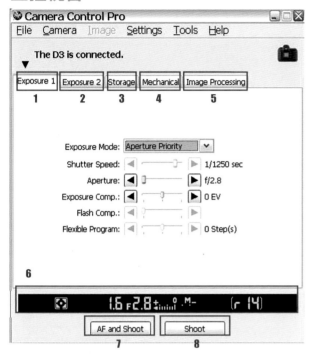

1. 曝光模式、光圈、快门、曝光补偿、闪光灯曝光补偿
2. 统一拍摄模式及Live View手持模式时的对焦点选择、感光度及白平衡
3. 档案储存格式、.JPEG的质素和像素选择、RAW档的Bit数及压缩选择
4. 大包围曝光设定
5. Picture Control模式、色域、Active D-Lighting、NR杂讯抑制
6. 相机即时测光数值及连拍张数
7. 自动对焦后拍摄
8. 直接拍摄
9. 即时影像放大倍率
10. 微调自动对焦位置
11. 放大区域位置
12. 开始 / 关闭Live View
13. 启动自动对焦
14. 拍摄

遥控Live View拍摄启动

遥控Live View拍摄视窗界面

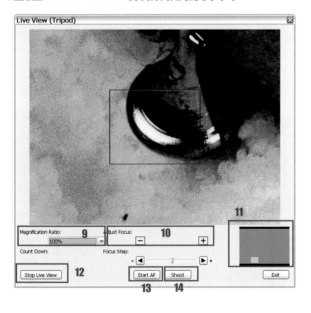

网上视频 ——

Nikon Camera Control Pro 2遥控D300 做Live View拍摄示范短片

如想更传神地体会使用Nikon Camera Control Pro 2的方法和流程，立即登录《DiGi数码双周》在YouTube开设的网络群网址，点击编号为 "DPB37_D" 的短片，细欣慢赏。

YouTube DiGi网络群网址：
http://www.youtube.com/digibiweekly

机皇配件汇总

Chapter **5**

Accessories

镜头种类分类介绍

贵为大厂，Nikon的D-SLR拥有一百多支镜头选择，有原厂的、副厂的、最新的和已停产的，各式各样的镜头任君选择。但选择多也是种烦恼。不只拍摄效果，就连质素都一一与镜头有关。机身可能一人一部，但家藏多支镜头的却大有人在。

F接环

能够用在D3、D700和D300上的镜头，未必是Nikon自家推出的，但必须是F接环。每个品牌的机身都拥有不同的接环型号，所以不能硬把别的镜头装在Nikon机身上。但有些可以凭转接环安装在Nikon机身上，但质素可能会因此受到损害，不够完美。在正统的F接环镜头上分了好几个类型，主要以能够支持3D矩阵测光功能的内置CPU镜头和不能支持的非CPU镜头两大类。再细分下，还有能用在所有Nikon机身的"D镜"、只支持电子机身的"G镜"和用在机皇级D-SLR上才有自动测光的"AI-S镜"。

1. Nikon D-SLR上的F接环。虽然感光元件大小不同，但不论是FX机身还是DX机身，接环都是一模一样的。

2. 不论是支持FX格式，还是DX专用格式，镜头上的接环都是相同的。

CPU镜头

CPU镜头是Nikon在1992年推出的镜头新科技。在镜头内新增了能传达各项资讯和操控部件的电子晶片。这片晶片主要用来引发3D立体矩阵式均衡测光系统（3D Matrix Metering）和立体多感应器均衡闪光灯补光系统（3D Multi-Sensor Balanced Fill Flash）。当中的一切资料传输，便依靠镜头接环上的数个电子接点与机身互通运作。

3. 在镜头接环上的电子接点，除了为镜头马达提供电源，还用来与机身交换资料。

4. 没有CPU的镜头，如AI-S镜，在D90、D80或D60上，不能出现光圈数据资料。

G镜头

首先出场的，是现在人气最强的Nikon最新G型数码镜头系列。它们大部分都拥有对D-SLR的优化技术。它们都有几个共同特征，就是放弃了由机身推动的自动对焦系统，改以镜身自设马达推动，普遍使用SWM的超声波马达。另外，专为机械相机而设的物理连动光圈环，在新镜之中已很少出现，只有移轴镜头系列才有。G镜因为减去了光圈环，所以镜头底部更简洁而纤细。亦由于没有光圈环，所以G镜不能在旧式机械相机上使用。

5. Nikon G镜代表：AF-S Nikkor 24-70mm f/2.8G

6. 没有了手动光圈环，大部分G镜（左）的镜头底部都比D镜（右）更简洁和细小。

D镜头

虽然G镜和D镜都拥有CPU，但绝大部分G镜都是设有镜身马达的AF-S系列，D镜则拥有由机身推动的AF系列和同样拥有镜身SWM马达的AF-S系列。D镜与G镜的最大区别，在于镜头底部仍然保留了机械式光圈环，这个光圈环在三部机皇上，可以凭用户自定目录的f7：自定义指令转盘，变成以D镜的光圈环直接控制光圈。同时拥有D-SLR和机械相机的用户，只要选择D镜就能一镜两用了。

7. D镜系列新镜代表：PC-E NIKKOR 24mm F3.5D ED。拥有光圈环的D镜在新镜群中，只剩下移轴镜PC-E系列。

8. 在预设下，D镜必须锁定在最小的光圈值，才能让机身做出电子式的光圈控制。否则，在屏幕中的光圈显示，会变成"Free"字样，不能拍摄。

AI-S镜头

AI-S镜并不代表全部非CPU镜头，由Nikon制造镜头至今，还有AI系列、AUTO系列等都是非CPU镜头。但现在仍然在生产的非CPU Nikkor镜，就只有寥寥数款，它们全都是AI-S系列。另一方面，由著名镜头生产商Zeiss所生产的D-SLR新镜头，适合Nikon F接环使用的Carl Zeiss ZF系列，也是AI-S类型。AI-S镜的最大特征除了是全手动没有任何电子接点外，还在镜头接环上，有着两个明显突出的1/4圆形的银色板扣。虽然在D-SLR上没有大用途，但已成为AI-S镜的特征了。

9. AI-S镜系列新镜代表：Carl Zeiss Distagon T* 35mm f/2 ZF。

10. 在镜头底部，这个突出的银色板扣，除了用来牵动如F2的机械相机，做出光圈设定与测光系统的连接（D-SLR由另外的部件负责）之外，当板扣处于正位时（如图示），便是镜头的f/5.6光圈值。

DX镜头

前文所提及的D镜、G镜和AI-S镜，说的都是出现D-SLR之前的镜头分类，主要是设计上的不同。但在Nikon推出第一部D-SLR后，便出现了一种新格式——DX。之前已说了不少DX机身与DX镜头的关系。现在简单地来个总结——DX镜头是专为DX机身而设，DX镜头在DX机身上，可以不用浪费任何成像圈的解像力。DX镜头可以用在FX机身之上，但会损失一半以上的像素，若硬要使用全片幅范围拍摄，在影像中会出现明显的四角失光现象。FX镜头在DX机身之上，一半以上的成像圈能力会用不着。交换配搭都会有"用不尽"的效果。

11. DX镜代表：AF-S DX Nikkor 16-85mm f/3.5-5.6G ED VR。

12. 若把Nikon的DX镜头安装在FX机身之上，再关闭自动影像区裁切功能，便会出现如图中的"黑角"现象。

Nikkor镜头科技大解构

SIC（Super Integrated Coating）

SIC镀膜，是在很多Nikkor镜头上所使用的镀膜涂层技术。它主要用来减低在复杂的镜片结构之间，互相反射所造成的光斑现象，令影像的反差更高、层次更丰富、颜色更贴近真实。一般来说SIC涂层都是呈暗红色或青色。

▶ AF-S VR Nikkor ED 24-120mm F3.5-5.6G镜头使用了SIC镀膜技术。

ASP（Aspherical Lens）

非球面镜片设计，主要应用在广角镜上，目的在于减低图片的变形问题。非球面镜片还能够使镜组的体积得以缩小，让整支镜头的体积减小。Nikon在非球面镜片的制作上，有着三种常用技术，分别是"高精度卧轴研磨"（High-Precision Grinding）、"高精度玻璃倒模"（Precision Glass Mold）及"塑胶混合镜片"（PAG Hybrid Lenses）。

▶ 拥有多片大型非球面镜片的AF-S NIKKOR 14-24mm f/2.8G ED。

ED（Extra-low Dispersion）

ED 镜片是Nikon享有盛名的造镜技术，是超低色散镜片技术的一种。ED镜片能减低不同波长光线所形成的色散问题。而且拥有较高的抵御气温改变能力。经多年开发，使用ED镜片的Nikkor镜头有更高的锐利度，亦减少了在高反差边缘所出现的紫边情况。最近，Nikon新开发的Super ED镜片比以前的有更低的色散，可算是数码影像的最佳优化技术。

▶ AF-S VR Nikkor 70-200mm f/2.8G ED内藏了五枚ED镜片。

CRC（Close-range Correction）

CRC浮动镜组系统，是一种在近摄时提升成像的光学系统。通过活动的镜组来校正因物距变化而增大的象差，提高影像的成像质量。无论是无限远还是在近摄时成像的表现都能够提高。

▶ 使用了CRC系统技术解决近摄时成像较低问题的AF Nikkor 28mm f/1.4D。

Micro & Macro

Nikon的微距镜头十分有名，为了区分微距专用镜头与非微距但有很强的近摄能力的镜头，在名称上以Macro统称有近摄功能的镜头，而微距专用的Nikkor镜头则定名为Micro。不少的Nikkor变焦镜都附有近摄Macro功能。对转换品牌或新入门用户容易出现混淆，但熟悉了便能清楚分辨。

▲Nikon微距专用镜头 AF-S Micro NIKKOR 60mm f/2.8G ED。

▲拥有特别Macro近摄功能的AF Nikkor 24-85mm f/2.8-4D。

NC（Nano Crystal Coat）

NC纳米结晶镀膜，是Nikon继ED镜片和SIC镀膜后，最新的镜片优化技术。它在镜片表面以极微细制造，形成多孔和较不密集的多层镀膜结构。能进一步提供更低的镜片折射率。减少镜片与镜片之间发生内反射现象，尤其是D-SLR的电子感光元件，有特别强反光表面的情况，NC镀膜令"鬼影"（Ghost）和"眩光"（Flare）的出现程度更少。NC镀膜可说是在D-SLR上能有着优质成像的技术代表。

▶ 在AF-S NIKKOR 24-70mm f/2.8G ED的镜身上亦印有N的字样，说明它内部用的镜片使用NC纳米结晶镀膜技术。

IF（Internal Focusing）& RF（Rear Focusing）

内对焦与后对焦的原理相当，目的都是在提高自动对焦速度的同时，镜筒不需要延伸，大大增加了镜头的防尘防滴漏的保护性。两者的区别，主要在于负责对焦的镜组设于镜头的不同位置。在定焦镜上比较常见，亦有出现在变焦镜上，但比较罕有。

▶ 在AF-S VR Zoom-Nikkor 70-300mm f/4.5-5.6G IF-ED的镜头全名中，已标明拥有IF内对焦设计。

SWM（Slient Wave Motor）

SWM是超声波马达的一种，在Nikon的技术上被称为静音波动马达。在镜头型号上，会以AF-S来注明。通过镜头内超声波马达，既可令对焦速度大大提高，亦可达到无声对焦，是目前最快最强的自动对焦驱动模组。更重要的是，SWM马达并非直接的物理形式，令马达与被驱动的镜片直接连接，所以能拥有随时AF/MF的可能和更耐用的优点。

▶ 新版的AF-S NIKKOR 50mm f/1.4G只是改用了SWM超声波马达。

DC（Defocus-image Control）

这里的DC并非指数码相机。Nikkor的DC镜头出现了很长时间，是Nikon独有的令镜头景深变得可移动的技术，在人像拍摄上发挥很大。通过DC镜头的前、后景深设定，用户可以把景深的边缘调至主体的前方或后方，令主体保持在焦点的同时，也可改变前后景物的清晰程度。

▶ 拥有前后光圈控制的AF DC Nikkor 105mm f/2D。

VR（Vibration Reduction）

目前的D-SLR防震技术，大致分为机身和镜头的设计。Nikon拥有的是镜头上的光学防震系统，即VR系统。通过一组震动感应器和一组可随意移动上下左右位置的镜组，经过合适机身的处理器，就能作出反震荡的镜片光学校正动作。第一代的VR系统只有如三级快门的防震效果，最近的VR II系统，已提升至四级的效能，而且拥有Normal和Active两种运作模式，在不同情况下发挥最佳的效果。

▶ 新款的DX镜头AF-S DX NIKKOR 16-85mm f/3.5-5.6G ED VR便拥有Normal和Active模式的新型VR II防震系统。

编者用镜心得分享

　　每个人都有自己的拍摄风格和喜好，连带器材的选用亦各有特色。在这里我并不是想定下什么规限或标准，只是把我的经验和偏好，作一点介绍罢了。符合自己的，才是能独当一面的表现。但如果面对琳琅满目的产品选择时，你有犹豫的话，可以看看我的选择，作为一个参考。

专业人士

　　专业摄影师，就是以摄影为工作、以客户的需要为标准的。对他们的产品，即相片，要求质量的保证。专业摄影师，可能是全职的，也可能是自由工作或业余性质，但都是怀着高超摄影技术的人。对影像质量和高技巧拍摄的追求，远远超越一般人士。两类摄影师本质不同，但无抵触，所拍摄的范畴都很广阔，质素要求亦甚高，都是机皇的最大支持者。一套高质而且适合拍摄广泛题材的镜头组合最适合他们。由坊间专称为"小黑5"的AF-S VR 70-200mm f/2.8G IF-ED为首，加上两支新推出的AF-S 24-70mm f/2.8G及AF-S 14-24mm f/2.8G镜头。这三支变焦镜的素质，足以媲美相同焦距的定焦镜，但却拥有变焦的方便弹性。加上在FX机身上由14mm至200mm的摄距，堪称是"百搭"的组合。相比别家的同级组合，三镜不单是没有焦段的重叠，一支紧接一支，亦有突破性的14mm 和恒定f/2.8的领先优势。若你是为了得到最好的买入昂贵的FX机身，这三支镜头必是你的最理想伙伴。当工作规模大至需要助手的协助时，Nikon还有一支AF-S VR Nikkor ED 200-400mm f/4G，可供用户选择。

▲最强摄影套装——D3与D700加上四支绝强大光圈变焦镜皇，总售价超过港币10万元。

▲AF-S NIKKOR 14-24mm f/2.8G ED

▲AF-S NIKKOR 24-70 f/2.8G ED

▲AF-S NIKKOR 70-200mm f/2.8G ED VR

▲AF-S NIKKOR 200-400mm f/4G ED VR

人像拍摄优先

　　人像拍摄可以很简单，也可以很困难。简单的可能只要一个"世界光"或使出常见的"前实后虚"浅景深效果即可。困难的是人物的表情、动作、感觉，如果捕捉得不好，总是不吸引人的。人物相片的感觉，纯粹属于摄影师对影像（即人物）的投入和用心。作为辅助和突出人物表现的处理效果，最多人选用的人像镜头，都是大光圈的定焦镜，除了因为能有如f/1.4的超大光圈外，即使是相同的f/2.8，定焦镜收小两级的效果，普遍比变焦镜的最大f/2.8光圈成像来得高质和优美。随着Nikon镜头的数码优化越来越强，更多的新款镜头在全开光圈时，亦是高质和锐利的，最为人津津乐道的应该就是AF-S 24-70mm f/2.8G。

▲AF-S Nikkor 24-70mm f/2.8G是近年十分罕见的高质大光圈变焦镜，很多用户都十分满意它在全开光圈时的成像和效果。它在全开光圈时的明显暗角，有些用户反而觉得可以加强人像相片的向心力感觉。若不喜欢，可以使用D3或D700的边晕控制功能消减这个问题。

▲AF-S 50mm f/1.4G是万众期待的定焦镜新版，改用了SWM马达和IF内对焦设置。加上它的f/1.4及标准焦距，不论是人物、风景或抓拍，都是十分适合的"百搭"镜头。

▲AF DC-NIKKOR 105mm f/2D拥有Nikon独有的DC散景影像控制功能，设有的两组光圈，可以分别控制前、后景物的清晰度，是专为人像摄影而设的功能。

▲PC-E Micro NIKKOR 85mm f/2.8D是Nikon最新的移轴镜，最大特色是同时拥有大幅度的移轴和微距拍摄功能。当使用它拍摄人物，而且运用逆向移轴效果时，做出"一点清"，实为浅景深人像的最特别效果。

旅游之选

在香港外出拍摄，经常看到一支支"长炮短炮"，在横街窄巷中穿梭，虽然器材是沉重了一点，但若累了，大可回家休息，择日"重赛"。但到了国外，便不会轻易地"撤退"，太重的器材对长时间拍摄实在是一种负担。为此，很多人都会只带一支大倍率变焦镜和一支超大光圈定焦镜一同出游。Nikon的DX Nikkor镜头，是目前业界拥有最多长倍率变焦镜的系列。因为所用科技都是针对D-SLR，所以购买人数不断增加。当中拥有11X变焦范围的AF-S DX VR Nikkor 18-200mm F3.5-5.6G ED十分著名。拥有24mm相对焦距拍摄效果的AF-S DX NIKKOR 16-85mm F3.5-5.6G ED VR，在风景摄影中尤其吃香。最新的AF-S DX NIKKOR 18-105mm F3.5-5.6G ED VR以价廉物美的定位，吸引不少人把它当成后备镜头，常备左右。最后，在D300上的AF-S 50mm f/1.4G和AF 35mm f2D，都各自被人称为标准镜，用来拍摄异地文化的抓拍，别有一番风味。

—— 热门的旅游镜推介 ——

▲AF-S DX VR Nikkor 18-200mm F3.5-5.6G ED

▲AF-S DX NIKKOR 16-85mm F3.5-5.6G ED VR

▲AF-S DX NIKKOR 18-105mm F3.5-5.6G ED VR

▲AF-S 50mm f/1.4G

▲AF 35mm f/2D

▲D300凭着可拆式电池手柄、DX机身的较长景深和DX镜头拥有的成像集中且高质的镜头系列，成为不少人士的旅游时的选择。

i-TTL自动闪光灯介绍

闪光灯的种类很多，但要选操作最快、科技最新的，必数原厂闪光灯系列。前文已介绍过三部机皇各自对闪光灯的支持和操作，但我们又有什么型号可以选择呢？它们的区别又在哪儿呢？

直接支持
17-200mm射程范围
AF Speedlight SB-900

SB-900是目前Nikon最新的闪光灯型号，不论售价和体积都是最高的。它最大的特色就是超长焦距变换闪光灯灯头，通过前后移动，可直接支持全片幅的17-200mm拍摄范围，一般闪光灯只有24-105mm。除此之外，SB-900还是第一支设有支持DX格式的闪光范围换算能力，在DX机身或启动DX格式后，亦不会浪费一分一寸的闪光范围。独有的灯头温度探测及保护能力，加上可以通过机身更新闪光灯固件的功能，也是极为创新的设计。

▶ 灯头特别巨大的SB-900，覆盖范围亦是最大的。

融合传统与新科技
AF Speedlight SB-800

虽然推出已久，亦由"第一"变成了"第二"，但SB-800不论闪光输出功率和回电速度，仍然是品牌间的旗舰级。作为第一支完全支持Nikon D-SLR的i-TTL闪光灯，SB-800没有忘却传统闪光灯的重要功能，仍然提供了A/AA闪光灯灯身自动测光，借此SB-800能在最新的D-SLR机皇和最古老的"大F"机械胶片相机中，拥有自动协调闪光输出能力。SB-800亦是众多闪光灯中唯一拥有分开支持碱性电池和充电电池设计，提供特别的第5枚充电电池电池闸，除了解决两种电池的电压差距问题，还能有效提升回电速度。实为职业、专业摄影师推崇的功能之一。

▶ 别看SB-800的尺寸细小就看轻它，它的最大GN值达GN58（ISO 100、105mm、米），功能亦未见过时，是很多人的灯皇之一。

最划算的
i-TTL遥控闪光灯
AF Speedlight SB-600

不论是SB-900或SB-800，在i-TTL创意无线闪光灯系统中，都拥有主体闪光灯或遥控闪光灯的功能。但两者的价钱绝不便宜，作为如指令灯和背景灯等不一定需要大火力输出的岗位，闪光输出功率虽小，但便宜很多的SB-600更为适合。既能完全支持i-TTL的各种功能，亦能作出手动输出，凭4枚充电池，就能作出极速2秒的全功率输出后回电。

▶ 价钱低、功能多的SB-600，除了成为无线闪光灯系统中的遥控闪光灯外，亦是一支很不错的备用闪光灯。

机皇的随身闪光灯
Speedlight SB-400

虽然Nikon的机皇有着极高的感光度选择，但有些情况仍不足够，但又不需完全以闪光灯作为主导光效。为此，一支体积小巧，火力不大，足够用来补偿阴影，或在大光圈的情况下把光线不足的主体轻轻补光的闪光灯，即SB-400，便十分适合。另一方面，当已携带了多支镜皇和一至两部机皇的人，再加上如SB-900的重型闪光灯，会顿感吃力。SB-400的轻巧，即使常备左右，亦不会是负担。在简单的灯背上，虽然没有手动输出的控制，但只要进入连系着的机皇的目录中，便能做出闪光的手动输出控制。比其他的同类型闪光灯，功能更加出色、更加专业。

▲ 虽然SB-400的设计和D60般的入门级D-SLR最为匹配，但它亦适合如抓拍或旅游摄影人士常备左右做不时之需，做出闪光灯的拍摄协助。

不再反光的指令器
Wireless Speedlight Commander SU-800

前文提及D700和D300的内置闪光灯，能够设定为多支无线闪光灯的指令闪光灯。虽然这方法方便又不用额外成本，但在实际拍摄时，向着有光滑平面的反光物件引发无线闪光时，会有明显的中央"内闪"的反光，甚至出现曝光，难以遮掩。静物拍摄如此，人像拍摄时，除了在眼睛的反映中出现相同的光点外，亦潜藏着引致被摄者眨眼的机会。所以不少专业用户，都会转用独立的无线指令器SU-800。既可减低反光，亦可以更简单、更直接地设定每一组遥控闪光灯的设定。

► 灯前的一片红外线滤光片，把SU-800所释放的指令闪光，变成肉眼看不见的红外线光波。减低人物被强光导致眨眼和反光面出现光点等问题。

豪华的高科技产物
Wireless Close-up
Speedlight Commander Kit R1C1

SU-800除了单独售卖外，还有配以两支SB-R200及多件实用配件的无线微距闪光灯套装R1C1。SB-R200同样可以单独售卖，但不能单独使用，它是通过接收无线闪光灯指令而操作的，没有热靴接口，必须辅以SB-900、SB-800或SU-800才能运作。但它能独立售卖，原因是两支SB-R200，有时候仍然不足够。当8支SB-R200同时组装在一个镜头配接环上，就能做出环型闪光灯的效果。

▲ 在一套精美包装下的R1C1，包含大量配件，加上精美的硬皮便携箱，感觉十分专业和豪华。

◄ 凭着用户的创意，R1C1提供极大的发挥空间，做出千变万化的光效，例如环形闪光。而且这是完全自动操作，并支持快捷的TTL测光方法。

想要记录自己的家庭生活，想要拍摄精彩的照片，想使照片看起来如同来自美国《国家地理》杂志上一样。

◄ 作者：乔尔·萨托 约翰·赫利
引进：时尚杂志社——北京时尚博闻图书有限公司
装帧：32开，四色印刷，192页
定价：48元

订购咨询服务电话：(010)65871909（王小姐）

机皇特色配件汇总

除了镜头和闪光灯，三部D-SLR机皇还有不少专用配件，供有需要的用户选购。能够让机皇的把持感觉变得更好，或者是隐藏在机皇内的某些功能的必须配备。

E型Clear Matte VI对焦屏

虽然D3不能像D700和D300般随意开启或关闭对焦屏的辅助水平线，但D3的设定，保留了常见于传统胶片SLR的可更换对焦屏。只要用户购买了E型Clear Matte VI对焦屏，跟随几个简单步骤，就能快速更换。对风景和建筑摄影人士十分适合。

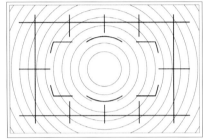

▲D3专用更换式格子对焦屏——E型Clear Matte VI对焦屏。

交流电变压器

若经常在影室使用电脑连接机皇作出遥控的Live View拍摄，少不了会消耗大量电源。即使是D3的高容量充电电池，亦只支持连续使用Live View拍摄约1小时之久。对于室内工作的商业摄影师，选用交流电变压器为相机提供源源不绝的电力，再加上机身内的充电电池以备不时之需，拍摄可谓高枕无忧。

▲适合D700和D300作长时间室内拍摄之用的交流电变压器——EH-5a。

闪光灯热靴防渗胶环

如果在雨天使用机皇加上SB-900拍摄，若想无惧雨水的渗入，便必须为机身与闪光灯之间的热靴套上合适的防渗胶环。暂时亦只有SB-900有如此保护设计，但需要为三部机皇分别选购专用的护胶型号。

▲小巧的防渗护胶环——WG-AS1，是机皇用户在雨天拍摄的重要用品。

无线传输器

在无线网络的年代，接线变得越少越好。三部机皇都可以凭专用接线，连接小巧的无线传输器WT-4，然后通过无线宽频或以太网络（LAN）连接电脑，做出档案的即时下载，在刚过去的北京奥运会中，便有不少摄影师用这个系统，做出即时的相片发送。

▲凭独立供电的WT-4，三部专业相机便能做出远距离的档案即时传送。

MB-D10的BL-3电池盒

如果同时拥有D3与D700或D300，便会面对各不相同的随机电池，经常到外地工作的摄影师，便会需要准备两款不同的充电器。为了统一型号和增加D700及D300的连拍速度，拥有多部机皇的用户可以在购买了MB-D10后，再增添适合D3的充电池EN-EL4使用的BL-3电池盒。好让三部机皇的充电池互换使用。

▲只要拆去EN-EL4原本的电池盒，再换上BL-3，就能在MB-D10上使用，不单电容量更高，而且可以让D3、D700和D300用上同一款充电电池，方便充电和备用。

GPS全球定位接收器

由Google Earth所提供的全球定位坐标卫星图，只需相片的EXIF资料中拥有坐标资料，再通过特别软件，便能轻易把相片的拍摄路径在Google Earth中重现。三部机皇都已把GPS坐标资料输入每张影像档案之中，但必须先联系合适的GPS元件。与D90同期推出的GP-1就是自家出品的定位系统。

▲Nikon自家出品的GP-1全球定位系统配件，可以装在机顶热靴上，方便风景和生态拍摄活动。

编者后记

"

　　谢谢您的捧场，购买了这本《Nikon机皇专业指南》，这是本不容易看完的书，你若能完全看完它，证明你对高阶相机的操控有着极大的兴趣。此书是本人初次编写的Nikon D-SLR专书。但并不像学摄影般，从入门机开始，也不是单一机身，而是集合目前最强的三部Nikon D-SLR于同一书中，加以详细介绍。表面看是件难事，但终于完成了，最大的问题不过是如何安排三部机体和一大堆镜头及配件的联合测试使用罢了，这亦要感谢友好的香港Nikon代理和Pro Source的Jackie的帮忙。

　　此书编写至一半的时候，发生了一件突发事件，而且充满冲击性。就是Nikon的最大竞争对手（我想是吧）Canon，推出了EOS 5D Mark II，另一方面，D-SLR界的新人Sony，亦推出了α900。在前面的内容中，我完全没有把D3、D700和D300与这两部'外来机'作出正面的比较或思想上的评价。原因是选择Nikon D-SLR的人，尤其是选择高阶型号的人，即是你和我，绝对是以拥有优秀的操控感和强大功能作为优先考虑因素的。此书是写给早已买了机皇，每天正在享受摄影、钻研摄影的你。真正有兴趣看多款机身拼得你死我活的，应该是没买相机，'心大心细'的人，《DiGi数码双周》的激烈比拼内容才是他们最想看的。

　　作为同样是机皇用户之一的你和我，会不时被一些影友和网友说我们的机皇只有1200万像素，好像比较没面子呢。但我们不要被这些动摇我们对'机皇'名号的定位和信心。首先，我们仍可放心，三部机皇仍然是目前我最为推崇的'操控王'，它们过百项的目录选项，在细心设定下，能把操作方法和感觉彻头彻尾地改变，成为一部很具个人风格的机身。拍摄功能的强大，即使我经过长时间使用和钻研，全部懂了，亦未能每一秒都在发挥。但在重要时刻，我完全依靠了机皇的高性能。

　　比较影像效果，虽然D3和D700只有1200百万像素，但在不论新、旧、贵、贱的Nikkor镜头帮助下，都有优秀的表现，副厂镜头亦不难找到有优秀表现的。这全都因为在这片全片幅CMOS上"只有"1200万像素，真的是个很轻松的要求。超过2000万像素的感光元件，差不多可以说不用新派镜皇就不够清晰。相对早期的、便宜的Nikkor镜头，只要用在D3和D700上，都不太吃力。这令不少预算有限的用户，都不介意先投资在最高级的机身上，然后再慢慢升级镜头。这个换镜需要，现在还不太着急，但在日后，可能是'D3x'、'D4'或'D800'等未来新机之上，如AF-S 24-70mm f/2.8G新镜头的重要性立刻大大提高。再加上现在的1200万像素，对很多业余用户或视摄影为兴趣的用户来说，已经足够。若你仍对超高像素有着迷信般的执着，你真的要问问自己由第一天至今你会打印多大的相片。当你发现，最常只打印A3

"

尺寸，或者相片都是上传到互联网分享，1200万像素和2000万像素的区别在哪呢？反而是三部机皇的高级操控，在拍摄时更具满足感和乐趣，有些时候更想大叫一声'爽'！

说了很久全片幅的事，好像冷落了我们的D300。虽然不想这样，但全片幅真的已成为这个时代和下个时代的D-SLR重要的开发目标。虽然有点狠心，但我亦希望D300是Nikon的最后一部DX机皇，DX格式应该变成只限入门级及廉价机身的专利。因为D300的强大操控性和完善系统界面，和D3相差多少呢？不多。但明显的是D300的DX感光元件，已达到了约2700全片幅相对像素密度，如不断提升，只会加大镜头的负担，现在的D300加上大部分DX镜头的质素仍属很好的水平。所以，纵使D300我比较少提及，但我心里其实深深喜欢它，除了它的性价比，还有一系列DX镜头。DX镜头的集中而高质的解像力和低廉的售价，仍值得用户追捧。至少，我的相机袋中仍有一支AF-S 18-70mm f/3.5-4.5G，到现在仍不断使用，旧了就再换一支同款新的。

最后，我很荣幸能编写这本《Nikon机皇专业使用指南》，虽然面对四面楚歌的压力，但老板和公司仍给予了我这么长的制作时间，除了迁就我的执着，亦希望为读者建立一个精益求精、代表专业的丛书系列。纵使我在这刻又想到更好的内容和idea，但还是留在下一本Nikon D-SLR专书再用吧。休息一会儿又要继续努力，不能被Nikon的开发人员抛离得太远。下次见面，应该就是《D90专业使用手册》吧！

Sam

"

编者推荐

Toshiba 强势登场
ULTRA HIGH–SPEED SD卡 & SDHC卡

外出拍摄时，要拍得快，拍得准，拍得多，除了要有反应快的镜头及相机，一张读写速度高的记忆卡实在非常重要。HIGH-SPEED TYPE是Toshiba全新推出的高速记忆卡系列，分别有SD HIGH-SPEED TYPE、SDHC HIGH-SPEED TYPE及SDHC ULTRA HIGH-SPEED TYPE三个系列之分，前两款属于高速型的CLASS 4规格，而后者的SD ULTRA HIGH-SPEED TYPE更是顶级极速的CLASS 6规格，当中采用超高密度的闪存控制技术，可大大缩短拍摄间隔时间和拍摄等待时间，并可达到每秒20MB的惊人传送资料速度。

虽然换上了新的速度级别指引，但全线系列的Toshiba SD记忆卡均由日本制造，经过严格的品质检定，并提供五年保养，拍摄时自然用得放心。

▲SDHC HIGH-SPEED TYPE系列属高速型的CLASS 4规格，提供8GB及4GB超高容量选择，保证拍个不停！

▲SDHC ULTRA HIGH-SPEED TYPE系列最高速CLASS 6规格，暂时最高支持4GB容量。

▲SD HIGH-SPEED TYPE系列属于CLASS 4，为快速的记忆卡，容量分别有2GB及1GB可供选择。

来自法国的保护
Delsey CORIUM真皮相机袋系列

Delsey起源于1911年的法国，是世界有名的行李箱制造商，以内外并重为设计方针，一直大受西方人士推崇。由2001年起，OELSEY推出多个专业摄影相机袋系列。最新推出的，CORIUM真皮相机袋系列，以高级成熟的黑色优质真皮，包裹着内里用料十足的柔软保护隔层，风格就像把年轻与传统串联在一起，完全合乎数码摄影就是多年技术与最新科技融合的理念。袋身设有前后拉链袋，内层配备多个细小存放格及暗格。翻开磁力扣，会发现袋内隔层是可拆式的，能把整个隔层抽出，立即成为一个常用的文件包。存放隔层内有一层特厚物料，能避免刮花相机屏幕与机身，亦充分保护贵重的摄影器材。对于专业、高阶的摄影师而言，平日穿梭往来于办公室与客户之间，最适合使用Delsey CORIUM真皮相机袋系列，感觉高尚、非凡。

▲中型的CORIUM 03，足够存放一部连镜头的D-SLR及数支镜头和闪光灯。

▲肩带上的防滑垫，厚度十足，携带舒适。

▲取出内里的存放格后，就变成日常使用的随身袋，提供相当宽大的空间放置个人物品。

最专业的影像输出器材
EPSON 打印机与多媒体储存显示器

印出百年的色彩新标准
EPSON Stylus Photo R1900

EPSON R1900用上了最新开发的UltraChrome Hi-Gloss2高光泽颜料墨水，耐光度和稳定性都大大超越一般的颜料墨水，满足专业摄影师以至图像设计员的严格要求。这种特别墨水外层被一层透明的高密度树脂包裹着，能够提升相片的光泽。配合EPSON Watercolor Radiant White Paper打印耗材使用，能防水、抗光及抵御臭氧的侵蚀，使相片可以保存两个世纪（200年）之久。R1900用上最新的VSDT（Variable-Sized Droplet Technology）打印科技，可以根据相片的打印类别而自动调整墨滴的大小，在1.5ppl墨滴下使色彩过渡能力变得更顺滑。

▲配合Watercolor Radiant White Paper相纸，R1900打印的A3+相片能够保存两个世纪亦不退色。

▲R1900所使用的87系列Ultra Chrome Hi-Gloss2墨水，支持7色打印技术，当中的OR及GO分别代表橙色墨水及"光油"。

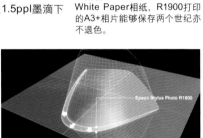

▲R1900支持Adobe RGB色域，比之前的R1800大大增强色彩支持能力。

超靓的4" "执RAW" 高手
EPSON P-7000多媒体储存显示器

由P-2000开始，EPSON的多媒体储存显示器便成为了要求严格、选机必选最好的高阶摄影师的必然之选。最新型号P-7000，除了内置硬盘容量提升至目前最高水平的160GB外，LCD显示屏亦一同加大至4"，显示效果亦凭全新的Photo Fine Premia技术，比之前的型号提高近6%的色域显示能力，达到94% Adobe RGB色域质素，可视角度高达160°，当摄影师与客户研讨成品相片时，更有把握更具专业。凭着更新固件，P-7000可以不断对应最新的专业D-SLR的RAW档，新加的RAW档编辑功能，在无须电脑的时况下，在任何地方修改RAW档效果，再转换打印。P-7000实属四处工作的专业摄影师的必备用品。

▲P-7000能够对应多种记忆卡型号，亦能凭USB接口，对应部分外置流动硬盘。

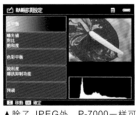

▲除了.JPEG外，P-7000一样可以开启、编辑RAW档，加工后转换进行高质的.JPEG。

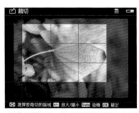

▲除了修改，P-7000还可以自行裁放影像，然后直接输出至打印机进行大幅面打印。

◆显示屏尺寸：4"◆解像度：640x480◆显示屏色彩:1,677万色◆记忆卡支持：SD/SDHC、CF Type I/II◆内置容量：160GB◆体积：150mm x 88.7mm x 33.1mm◆重量：约433g

专利的SADL弹簧辅助双锁系统
Gitzo GH2780系列球形云台

　　球形云台在使用上既容易又快捷，极受摄影人喜爱。Gitzo最新球形云台GH2780，拥有专利的SADL系统（Spring Assisted Double Lock弹簧辅助双锁），令云台中的"头球"锁力最大化，而且运作更平滑顺畅。选用超薄外壳、浑圆而空心的球体设计，大大减低云台重量。主要的扭锁之上，设有独立阻力控制装置，能视负重的器材重量加以调校。底部设有水平旋转扭锁，若选用附有水平仪及快装板的GH2780QR，拍摄变得再没有难度。

SADL系统结构图

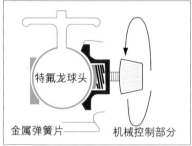

▲最新专利SADL系统，把两个锁合二为一，将锁力和顺畅程度大大提高。

▲旁边的固定扭锁，在中央设有独立的阻力控制装置。

结合传统与数码优势
Carl Zeiss Makro–Planar T* 100mm f/2

　　德国传统名镜品牌Carl Zeiss，质素久负盛名，虽然以往的合作伙伴Contax及Yashica已停止生产相机，但Carl Zeiss仍致力推出能配合更多用户上D-SLR的新款高质镜头，ZE、ZF及ZK接环镜头便应运而生。不论是Nikon机身接环的ZF、Cann机身接环的ZE或Pentax机身接环的ZK，Carl Zeiss的各支镜头都支持全片幅胶片或APS-C D-SLR，提供锐利和鲜艳的影像。当中，以这支Carl Zeiss Makro-Planar T* 100mm f/2最广为人知，因为作为一支中距远微距镜，极罕有的f/2超大光圈，有助专业摄影师在影楼摄影棚中拍摄商品时，有更明亮的对焦与构图效果。而且此镜的最近对焦距离为0.44米，配合机皇之一的Nikon D3能做出1:2的放大效果，配合同是人气高阶D-SLR的Nikon D300或Pentax K20D，更能做出1:1放大的效果。

▲镜头镜片设计

◆支持接环：Nikon F、Pentax K◆最大光圈值：f/2◆最小光圈值：f/22◆镜片结构：8组9片◆最近摄影距离：0.44m◆滤镜尺寸：67mm◆长度 x 直径：76mm x 113mm◆重量：680g

▲Distagon T* 18mm f/3.5

▲Distagon T* 25mm f/2.8

▲Distagon T* 28mm f/2

▲Distagon T* 35mm f/2

▲Planar T* 50mm f/1.4

▲Planar T* 85mm f/1.4

▲Makro-Planar T* 50mm f/2